中國語言文字研究輯刊

二一編

許學仁 主編

第6冊

甲骨氣象卜辭類編（第四冊）

陳冠榮 著

花木蘭文化事業有限公司

國家圖書館出版品預行編目資料

甲骨氣象卜辭類編（第四冊）／陳冠榮 著 -- 初版 -- 新北市：
花木蘭文化事業有限公司，2021〔民110〕
目 18+202 面；21×29.7 公分
（中國語言文字研究輯刊　二一編；第6冊）
ISBN 978-986-518-659-3（精裝）
1. 甲骨文 2. 古文字學 3. 氣象 4. 研究考訂
802.08　　110012600

ISBN-978-986-518-659-3

9789865186593

中國語言文字研究輯刊
二一編　第六冊　ISBN：978-986-518-659-3

甲骨氣象卜辭類編（第四冊）

作　者　陳冠榮
主　編　許學仁
總編輯　杜潔祥
副總編輯　楊嘉樂
編　輯　許郁翎、張雅淋、潘玟靜　美術編輯　陳逸婷
出　版　花木蘭文化事業有限公司
發行人　高小娟
聯絡地址　235 新北市中和區中安街七二號十三樓
電話：02-2923-1455／傳真：02-2923-1452
網　址　http://www.huamulan.tw 信箱 service@huamulans.com
印　刷　普羅文化出版廣告事業
初　版　2021年9月
全書字數　451664字
定　價　二一編18冊（精裝）　台幣54,000元　

甲骨氣象卜辭類編
（第四冊）

陳冠榮 著

目次

第一冊

凡　例

甲骨著錄簡稱表

甲骨分期與斷代表

《甲骨文字編》字形時代之代號說明

第一章　緒　論……1

第一節　研究動機與目的……1

第二節　研究對象與材料……2

第三節　研究範圍與限制……2

壹、氣象卜辭之定義……2

貳、氣象卜辭之界定……3

參、材料限制……4

一、辭例限制……4

二、年代限制……5

第四節　研究方法與步驟……6

壹、文字考釋與卜辭識讀……6

貳、氣象卜辭的揀選……7

第五節　文獻探討……8

第六節　預期成果……11

第二章　甲骨氣象卜辭類編——降水……13

第一節　雨……13

壹、雨字概述與詞項義類……13

一、表示時間長度的雨……15

二、表示程度大小的雨……20

三、標示範圍或地點的雨……29

四、描述方向性的雨……30

五、與祭祀相關的雨……32

六、與田獵相關的雨……40

七、對雨的心理狀態……41

八、一日之內的雨……44

九、一日以上的雨……53

十、描述雨之狀態變化……58

貳、表示時間長度的雨……58

一、聯雨……58

二、征雨……61
三、盧雨……70
四、㝬雨……70
參、表示程度大小的雨……71
一、大雨……71
二、小雨／雨小……71
三、雨少……73
四、多雨／雨多……73
五、从雨……74
六、籫雨……74
肆、標示範圍或地點的雨……75
一、雨．在／在．雨……75
伍、描述方向性的雨……77
一、東、南、西、北——雨……77
二、各雨／定雨……80
陸、與祭祀相關的雨……80
一、烄——雨……80
二、彡——雨……87
三、𣓀——雨……89
四、侑——雨……92
五、𡆥——雨……92
六、叙——雨……95
七、舞——雨……96
八、寧——雨……96
九、宜——雨……97
十、钔——雨……97
十一、𠭯雨／𢼸雨……98
十二、㕣雨……98
十三、祭牲——雨……100
柒、與田獵相關的雨……103
一、田．雨……103
二、狩獵．雨……107
捌、對降雨的心理狀態……109
一、弖雨……109
二、弜雨……112

三、不雨……117
四、弗雨……122
五、亡雨……124
六、正雨……129
七、壱雨……130
八、求・雨……131
九、雨——吉……138
十、令雨……140
玖、一日之內的雨……141
一、夙——雨……141
二、旦——雨……143
三、明——雨……144
四、朝——雨……146
五、大采——雨……146
六、大食——雨……147
七、中日——雨……149
八、昃——雨……151
九、小采——雨……152
十、郭兮——雨……154
十一、昏——雨……155
十二、暮——雨……156
十三、闌昃——雨……157
十四、夕——雨……157
十五、中腞——雨……165
十六、寐——雨……165
十七、人定——雨……165
十八、夗——雨……166
拾、一日以上的雨……167
一、今——雨……167
二、湄日——雨……174
三、翌——雨……178
四、旬——雨……181
五、月——雨……183
六、生——雨……187
七、來——雨……188

八、季節——雨 ……189
拾壹、描述雨之狀態變化 ……191
一、既雨 ……191
二、允雨 ……191
第二節　雪 ……197
壹、雪字概述與詞項義類 ……197
貳、一日之內的雪 ……198
一、夕・雪 ……198
參、與祭祀相關的雪 ……199
一、𡊄・雪 ……199
肆、混和不同天氣現象的雪 ……199
一、雪・雨 ……199
二、風・雪 ……200

第二冊

第三章　甲骨氣象卜辭類編——雲量 ……201
第一節　啟 ……201
壹、啟字概述與詞項義類 ……201
貳、表示時間長度的啟 ……206
一、征啟 ……206
參、程度大小的啟 ……207
一、大啟 ……207
肆、與祭祀相關的啟 ……208
一、祭名・啟 ……208
二、犧牲……啟 ……208
伍、與田獵相關的啟 ……209
一、田・啟 ……209
二、獵獸・啟 ……209
陸、對啟的心理狀態 ……210
一、不啟 ……210
二、弗啟 ……211
三、亡啟 ……211
四、令・啟 ……212
五、啟——吉 ……212
柒、一日之內的啟 ……213
一、明——啟 ……213

二、大采——啟 ……214
三、食——啟 ……214
四、中日——啟 ……215
五、昃——啟 ……215
六、小采——啟 ……216
七、郭兮——啟 ……216
八、小食——啟 ……216
九、夕——啟 ……217
十、闌昃——啟 ……219
捌、一日以上的啟 ……219
一、今・啟 ……219
二、翌・啟 ……221
三、旬・啟 ……223
四、啟・月 ……223
玖、描述啟之狀態變化 ……223
一、允・啟 ……223
第二節　陰 ……225
壹、陰字概述與詞項義類 ……225
貳、表示時間長度的陰 ……228
一、征陰 ……228
參、與祭祀相關的陰 ……229
一、酌・陰 ……229
二、犧牲……陰 ……229
肆、與田獵相關的陰 ……229
一、田・陰 ……229
伍、對陰的心理狀態 ……230
一、陰・不 ……230
陸、一日之內的陰 ……230
一、明陰 ……230
二、陰・大采 ……230
三、陰・大食 ……231
四、昃・陰 ……231
五、夕・陰 ……231
柒、一日以上的陰 ……232
一、今——陰 ……232

二、翌——陰 ······232
三、陰——月 ······233
捌、描述陰之狀態變化 ······233
一、允陰 ······233
玖、混和不同天氣現象的陰 ······234
一、陰・雨 ······234
二、陰・啟 ······234
三、陰・風 ······235
第三節　雲 ······235
壹、雲字概述與詞項義類 ······235
貳、表示程度大小的雲 ······238
一、大雲 ······238
二、祉雲 ······238
參、描述方向性的雲 ······238
一、各雲 ······238
二、雲・自 ······239
肆、與祭祀相關的雲 ······239
一、尞・雲 ······239
二、彭・雲 ······240
三、雲・犧牲 ······240
伍、對雲的心理狀態 ······240
一、壱雲 ······240
二、雲——大吉 ······241
陸、一日之內的雲 ······241
一、雲……昃 ······241
二、雲……夕 ······242
柒、混和不同天氣現象的雲 ······243
一、雲・雨 ······243
二、雲・啟 ······243
三、雲・虹 ······244
四、風・雲 ······244
五、雲・雷 ······245
第四章　甲骨氣象卜辭類編——陽光 ······247
第一節　晴 ······247
壹、晴字概述與詞項義類 ······247

貳、表示時間長度的晴……249
一、倏晴……249
參、表示程度大小的晴……250
一、大晴……250
肆、對晴的心理狀態……250
一、不・晴……250
伍、一日之內的晴……250
一、小采・晴……250
二、食日・晴……251
三、夕・晴……251
陸、一日以上的晴……253
一、翌・晴……253
二、晴・月……253
第二節　暈……253
壹、暈字概述與詞項義類……253
貳、描述方向性的暈……255
一、自……暈……255
參、對暈的心理狀態……255
一、不暈……255
肆、一日以上的暈……256
一、暈……月……256
伍、混和不同天氣現象的暈……256
一、暈・雨……256
二、雲・雨・暈……256
三、暈・啟……257
第三節　虹……257
壹、虹字概述與詞項義類……257
貳、一日之內的虹……258
一、旦……虹……258
二、昃……虹……259
參、描述方向性的虹……259
一、虹・方向……259
第五章　甲骨氣象卜辭類編——風……261
第一節　風……261
壹、風字概述與詞項義類……261

貳、表示時間長度的風……266
　一、征風……266
參、表示程度大小的風……267
　一、大風……267
　二、叟風……267
　三、𡖊風……267
　四、小風……268
肆、描述方向性的風……268
　一、風・自……268
伍、與祭祀相關的風……268
　一、寧風……268
　二、帝風……269
　三、犧牲・風……269
陸、與田獵相關的風……270
　一、田・風……270
　二、獵獸・風……270
柒、對風的心理狀態……271
　一、不・風……271
　二、亡・風……272
　三、風・壱……272
捌、一日之內的風……272
　一、大采・風……272
　二、中日・風……273
　三、小采……風……273
　四、夕・風……274
　五、中彔……風……275
玖、一日以上的風……275
　一、今日・風……275
　二、湄日・風……276
　三、翌・風……276
　四、風・月……277
拾、描述風之狀態變化……278
　一、允・風……278
拾壹、混和不同天氣的風……278
　一、風・雨……278

二、風・雪……278
三、風・陰……279
四、啟・風……279
五、風・雷……280
第六章　甲骨氣象卜辭類編——雷……281
第一節　雷……281
壹、雷字概述與詞項義類……281
貳、表示時間長度的雷……283
一、䖒雷……283
參、對雷的心理狀態……283
一、令雷……283
肆、一日之內的雷……283
一、大采・雷……283
伍、混和不同天氣現象的雷……284
一、雷・雨……284
二、雲・雷……284
三、雲・雷・風……284
四、雲・雷・風・雨……285
第七章　疑為氣象字詞探考例……287
第一節　⿱雨乳……287
第二節　⿱雨黽……291
第三節　阱……293
第四節　⿱卣水……296
第八章　殷商氣象卜辭綜合探討……297
第一節　一日內的氣象卜辭概況……297
第二節　氣象卜辭與月份的概況……303
第三節　天氣與田獵的關係……305
第四節　天氣與祭祀的關係……310
第九章　結論及延伸議題……313
參考書目……319

第三冊

第二章　甲骨氣象卜辭類編——降水卜辭彙編……2・1・2－1
第一節　雨……2・1・2－1
貳、表示時間長度的雨……2・1・2－1

一、聯雨……2・1・2－1
二、征雨……2・1・2－2
三、盧雨……2・1・2－22
四、𡧊雨……2・1・2－24
參、表示程度大小的雨……2・1・3－1
一、大雨……2・1・3－1
二、小雨／雨小……2・1・3－23
三、雨少……2・1・3－30
四、多雨／雨多……2・1・3－31
五、从雨……2・1・3－34
六、籫雨……2・1・3－40
肆、標示範圍或地點的雨……2・1・4－1
一、雨・在／在・雨……2・1・4－1
伍、描述方向性的雨……2・1・5－1
一、東、南、西、北——雨……2・1・5－1
二、各雨／定雨……2・1・5－7
陸、與祭祀相關的雨……2・1・6－1
一、尞——雨……2・1・6－1
二、酌——雨……2・1・6－8
三、𠦪——雨……2・1・6－16
四、侑——雨……2・1・6－27
五、𡧊——雨……2・1・6－30
六、叙——雨……2・1・6－36
七、舞——雨……2・1・6－37
八、寧——雨……2・1・6－44
九、宜——雨……2・1・6－45
十、钔——雨……2・1・6－46
十一、𦉪雨／𢆶雨……2・1・6－47
十二、杏雨……2・1・6－48
十三、祭牲——雨……2・1・6－48
柒、與田獵相關的雨……2・1・7－1
一、田・雨……2・1・7－1
二、狩獵・雨……2・1・7－25

第四冊

捌、對降雨的心理狀態 ……………………2・1・8－1
一、𢎘雨 ………………………………2・1・8－1
二、弜雨 ………………………………2・1・8－4
三、不雨 ……………………………2・1・8－12
四、弗雨 ……………………………2・1・8－153
五、亡雨 ……………………………2・1・8－157
六、正雨 ……………………………2・1・8－173
七、㞢雨 ……………………………2・1・8－174
八、求・雨 …………………………2・1・8－177
九、雨——吉 ………………………2・1・8－180
十、令雨 ……………………………2・1・8－196

第五冊

玖、一日之內的雨 ……………………2・1・9－1
一、夙——雨 ………………………2・1・9－1
二、旦——雨 ………………………2・1・9－4
三、明——雨 ………………………2・1・9－5
四、朝——雨 ………………………2・1・9－6
五、大采——雨 ……………………2・1・9－7
六、大食——雨 ……………………2・1・9－8
七、中日——雨 ……………………2・1・9－10
八、昃——雨 ………………………2・1・9－13
九、小采——雨 ……………………2・1・9－16
十、郭兮——雨 ……………………2・1・9－17
十一、昏——雨 ……………………2・1・9－19
十二、暮——雨 ……………………2・1・9－20
十三、闌昃——雨……………………2・1・9－21
十四、夕——雨 ……………………2・1・9－21
十五、中腞——雨 …………………2・1・9－71
十六、寐——雨 ……………………2・1・9－71
十七、人定——雨……………………2・1・9－71
十八、夛——雨………………………2・1・9－72
拾、一日以上的雨……………………2・1・10－1
一、今——雨 ………………………2・1・10－1
二、湄日——雨 ……………………2・1・10－61
三、翌——雨 ………………………2・1・10－67

四、旬——雨 …………………… 2・1・10－106
五、月——雨 ……………………2・1・10－111
六、生——雨 …………………… 2・1・10－143
七、來——雨 …………………… 2・1・10－146
八、季節——雨 ………………… 2・1・10－150
拾壹、描述雨之狀態變化 ……………2・1・11－1
一、既雨 …………………………2・1・11－1
二、允雨 …………………………2・1・11－2
第二節　雪 ……………………………………2・2・2－1
貳、一日之內的雪 ……………………2・2・2－1
一、夕・雪 ……………………………2・2・2－1
參、與祭祀相關的雪 …………………2・2・3－1
一、㚔・雪 ……………………………2・2・3－1
肆、混和不同天氣現象的雪 …………2・2・4－1
一、雪・雨 ……………………………2・2・4－1
二、風・雪 ……………………………2・2・4－1

第六冊

第三章　甲骨氣象卜辭類編——雲量卜辭彙編

……………………………………3・1・2－1
第一節　啟 ……………………………………3・1・2－1
貳、表示時間長度的啟 ………………3・1・2－1
一、征啟 ………………………………3・1・2－1
參、程度大小的啟 ……………………3・1・3－1
一、大啟 ………………………………3・1・3－1
肆、與祭祀相關的啟 …………………3・1・4－1
一、祭名・啟 …………………………3・1・4－1
二、犧牲……啟 ………………………3・1・4－1
伍、與田獵相關的啟 …………………3・1・5－1
一、田・啟 ……………………………3・1・5－1
二、獵獸・啟 …………………………3・1・5－2
陸、對啟的心理狀態 …………………3・1・6－1
一、不啟 ………………………………3・1・6－1
二、弗啟 ……………………………3・1・6－12
三、亡啟 ……………………………3・1・6－13

四、今・㫃 ……………………………… 3・1・6－13
五、㫃——吉 ……………………………… 3・1・6－13
柒、一日之內的㫃 ……………………………… 3・1・7－1
一、明——㫃 ……………………………… 3・1・7－1
二、大采——㫃 ……………………………… 3・1・7－2
三、食——㫃 ……………………………… 3・1・7－2
四、中日——㫃 ……………………………… 3・1・7－2
五、昃——㫃 ……………………………… 3・1・7－3
六、小采——㫃 ……………………………… 3・1・7－3
七、郭兮——㫃 ……………………………… 3・1・7－3
八、小食——㫃 ……………………………… 3・1・7－4
九、夕——㫃 ……………………………… 3・1・7－4
十、𩃬昃——㫃 ……………………………… 3・1・7－9
捌、一日以上的㫃 ……………………………… 3・1・8－1
一、今・㫃 ……………………………… 3・1・8－1
二、翌・㫃 ……………………………… 3・1・8－5
三、旬・㫃 ……………………………… 3・1・8－12
四、㫃・月 ……………………………… 3・1・8－12
玖、描述㫃之狀態變化 ……………………………… 3・1・9－1
一、允・㫃 ……………………………… 3・1・9－1
第二節　陰 ……………………………… 3・2・2－1
貳、表示時間長度的陰 ……………………………… 3・2・2－1
一、征陰 ……………………………… 3・2・2－1
參、與祭祀相關的陰 ……………………………… 3・2・3－1
一、酓・陰 ……………………………… 3・2・3－1
二、犧牲……陰 ……………………………… 3・2・3－1
肆、與田獵相關的陰 ……………………………… 3・2・4－1
一、田・陰 ……………………………… 3・2・4－1
伍、對陰的心理狀態 ……………………………… 3・2・5－1
一、陰・不 ……………………………… 3・2・5－1
陸、一日之內的陰 ……………………………… 3・2・6－1
一、明陰 ……………………………… 3・2・6－1
二、陰・大采 ……………………………… 3・2・6－1
三、陰・大食 ……………………………… 3・2・6－2

四、昃・陰……………………………3・2・6－2
五、夕・陰……………………………3・2・6－2
柒、一日以上的陰……………………3・2・7－1
一、今——陰…………………………3・2・7－1
二、翌——陰…………………………3・2・7－1
三、陰——月…………………………3・2・7－1
捌、描述陰之狀態變化………………3・2・8－1
一、允陰………………………………3・2・8－1
玖、混和不同天氣現象的陰…………3・2・9－1
一、陰・雨……………………………3・2・9－1
二、陰・啟……………………………3・2・9－2
三、陰・風……………………………3・2・9－3
拾、卜陰之辭…………………………3・2・10－1
一、陰…………………………………3・2・10－1
第三節　雲……………………………3・3・2－1
貳、表示程度大小的雲………………3・3・2－1
一、大雲………………………………3・3・2－1
二、㳄雲………………………………3・3・2－1
參、描述方向性的雲…………………3・3・3－1
一、各雲………………………………3・3・3－1
二、雲・自……………………………3・3・3－2
肆、與祭祀相關的雲…………………3・3・4－1
一、𡲢・雲……………………………3・3・4－1
二、酚・雲……………………………3・3・4－1
三、雲・犧牲…………………………3・3・4－2
伍、對雲的心理狀態…………………3・3・5－1
一、壱雲………………………………3・3・5－1
二、雲——大吉………………………3・3・5－1
陸、一日之內的雲……………………3・3・6－1
一、雲……昃…………………………3・3・6－1
二、雲……夕…………………………3・3・6－1
柒、混和不同天氣現象的雲…………3・3・7－1
一、雲・雨……………………………3・3・7－1
二、雲・啟……………………………3・3・7－3

三、雲・虹……………………………3・3・7－3
四、風・雲……………………………3・3・7－4
五、雲・雷……………………………3・3・7－5
捌、卜云之辭…………………………3・3・8－1
一、雲…………………………………3・3・8－1
二、茲雲………………………………3・3・8－1
第四章　甲骨氣象卜辭類編——陽光卜辭彙編
……………………………………………4・1・2－1
第一節　晴……………………………4・1・2－1
貳、表示時間長度的晴………………4・1・2－1
一、倏晴………………………………4・1・2－1
參、表示程度大小的晴………………4・1・3－1
一、大晴………………………………4・1・3－1
肆、對晴的心理狀態…………………4・1・4－1
一、不・晴……………………………4・1・4－1
伍、一日之內的晴……………………4・1・5－1
一、小采・晴…………………………4・1・5－1
二、食日・晴…………………………4・1・5－1
三、夕・晴……………………………4・1・5－1
陸、一日以上的晴……………………4・1・6－1
一、翌・晴……………………………4・1・6－1
二、晴・月……………………………4・1・6－1
柒、卜晴之辭…………………………4・1・7－1
一、晴…………………………………4・1・7－1
第二節　暈……………………………4・2・2－1
貳、描述方向性的暈…………………4・2・2－1
一、自……暈…………………………4・2・2－1
參、對暈的心理狀態…………………4・2・3－1
一、不暈………………………………4・2・3－1
肆、一日以上的暈……………………4・2・4－1
一、暈……月…………………………4・2・4－1
伍、混和不同天氣現象的暈…………4・2・5－1
一、暈・雨……………………………4・2・5－1
二、雲・雨・暈………………………4・2・5－1

三、暈・啟……………………………4・2・5－1
陸、卜暈之辭……………………………4・2・6－1
一、暈……………………………………4・2・6－1
第三節　虹………………………………4・3・2－1
貳、一日之內的虹………………………4・3・2－1
一、旦……虹……………………………4・3・2－1
二、昃……虹……………………………4・3・2－1
參、描述方向性的虹……………………4・3・3－1
一、虹・方向……………………………4・3・3－1
肆、卜虹之辭……………………………4・3・4－1
一、虹……………………………………4・3・4－1
第五章　甲骨氣象卜辭類編——風卜辭彙編・5・1・2－1
第一節　風………………………………5・1・2－1
貳、表示時間長度的風…………………5・1・2－1
一、祉風…………………………………5・1・2－1
參、表示程度大小的風…………………5・1・3－1
一、大風…………………………………5・1・3－1
二、𡧊風…………………………………5・1・3－3
三、㐱風…………………………………5・1・3－4
四、小風…………………………………5・1・3－4
肆、描述方向性的風……………………5・1・4－1
一、風・自………………………………5・1・4－1
伍、與祭祀相關的風……………………5・1・5－1
一、寧風…………………………………5・1・5－1
二、帝風…………………………………5・1・5－2
三、犧牲・風……………………………5・1・5－2
陸、與田獵相關的風……………………5・1・6－1
一、田・風………………………………5・1・6－1
二、獵獸・風……………………………5・1・6－2
柒、對風的心理狀態……………………5・1・7－1
一、不・風………………………………5・1・7－1
二、亡・風………………………………5・1・7－6
三、風・㞢………………………………5・1・7－7
捌、一日之內的風………………………5・1・9－1
一、大采・風……………………………5・1・9－1

二、中日・風 ……………………………5・1・8－2
三、小采……風 …………………………5・1・8－2
四、夕・風 ………………………………5・1・8－2
五、中彔……風 …………………………5・1・8－4
玖、一日以上的風…………………………5・1・9－1
一、今日・風 ……………………………5・1・9－1
二、湄日・風 ……………………………5・1・9－3
三、翌・風 ………………………………5・1・9－3
四、風・月 ………………………………5・1・9－5
拾、描述風之狀態變化 ……………………5・1・10－1
一、允・風 ………………………………5・1・10－1
拾壹、混和不同天氣的風 …………………5・1・11－1
一、風・雨 ………………………………5・1・11－1
二、風・雪 ………………………………5・1・11－2
三、風・陰 ………………………………5・1・11－2
四、啟・風 ………………………………5・1・11－3
五、風・雷 ………………………………5・1・11－3
拾貳、卜風之辭……………………………5・1・12－1
一、風 ……………………………………5・1・12－1
二、遘・風 ………………………………5・1・12－4
第六章　甲骨氣象卜辭類編——雷卜辭彙編・6・1・2－1
第一節　雷 …………………………………6・1・2－1
貳、表示時間長度的雷 ……………………6・1・2－1
一、盅雷…………………………………6・1・2－1
參、對雷的心理狀態 ………………………6・1・3－1
一、令雷 …………………………………6・1・3－1
肆、一日之內的雷…………………………6・1・4－1
一、大采……雷 …………………………6・1・4－1
伍、混和不同天氣的雷 ……………………6・1・5－1
一、雷・雨 ………………………………6・1・5－1
二、雲・雷 ………………………………6・1・5－1
三、雲・雷・風 …………………………6・1・5－2
四、雲・雷・風・雨………………………6・1・5－2
陸、卜雷之辭………………………………6・1・6－1
一、雷 ……………………………………6・1・6－1

捌、對降雨的心理狀態

一、弜·雨

（一）弜·雨

著　錄	編號／【綴合】／（重見）	備　註	卜　辭
合集	974 反		（2）王固曰：弜雨，隹其凡。 （7）王固曰：隹乙，其隹〔雨〕，□□吉。
合集	13038		（1）弜雨。
合集	11506 反		（1）王固曰：之日弜雨。乙卯允明陰，三凸，食日大晴。
合集	41332		（2）貞：弜从雨，辛叀〔王〕族乎……
中科院	506 反		（1）弜雨。 （2）……雨。
史語所	150 反		（1）王固曰：弜雨教。

（二）弜孽·雨

著　錄	編號／【綴合】／（重見）	備　註	卜　辭
合集	10109		（3）弜孽年，㞢雨。
合集	39868+39878（《英藏》564 正）【《合補》1845】		（3）弜孽年，㞢雨。 （4）亡雨。

（三）弜蔑・雨

著　錄	編號／【綴合】／（重見）	備　註	卜　辭
合集	1121 正		（1）貞：蔑婞，虫雨。 （2）弜蔑妁，亡其雨。
合集	1122+《乙補》963【《醉》229】		弜隹婞〔蔑〕，亡其雨。
合集	1123+《上博》2426・798【《甲拼續》592】		（1）甲申卜，穷，貞：蔑婞，虫从〔雨〕。 （2）貞：弜蔑婞，亡〔其〕从〔雨〕。
合集	1130 甲		弜蔑婞，亡其雨。
合集	1137+15674【《甲拼》32】		（1）貞：弜蔑，亡其从雨。 （3）貞：蔑，虫从雨。 （4）貞：蔑聞，虫从雨。
合集	12842 正		（1）貞：蔑，虫雨。 （2）弜蔑，亡其雨。
合集	12851+無號甲+《乙補》4640【《契》249】		（2）弜隹蔑，亡其雨。

（四）弜舞・雨

著　錄	編號／【綴合】／（重見）	備　註	卜　辭
合集	12841 正甲+12841 正乙+《乙補》3387+《乙補》3376【《醉》123】		（1）……舞，虫从雨。 （2）貞：弜舞，亡其从雨。
合集	14197 正		（3）貞：弜舞河，亡其雨。

(五) 弓叙·雨

著　錄	編號／【綴合】／（重見）	備　註	卜　辭
合集	12869 正甲		弓乎叙，不其雨。

(六) 弓桒·雨

著　錄	編號／【綴合】／（重見）	備　註	卜　辭
合集	12825		(1) □〔酉〕卜，今〔日〕弓桒，〔亡〕其雨。
合集	14755 正		(3) 貞：翌丁卯桒舞，㞢雨。 (4) 翌丁卯弓，亡其雨。 (9) 貞：㞢从雨。
合補	3484（《天理》7）		(1) 貞：弓于河桒雨。

(七) 弓侑·雨

著　錄	編號／【綴合】／（重見）	備　註	卜　辭
合集	12439 反		……曰弓㞢不雨……

(八) 弓𠂤·雨

著　錄	編號／【綴合】／（重見）	備　註	卜　辭
合集	13040		(1) 貞：弓𠂤雨。

(九) 弓帝·雨

著　錄	編號／【綴合】／（重見）	備　註	卜　辭
合集	14363		(1)〔庚〕戌卜，虎，弓帝于瀍，雨。

（十）㢟……雨

著　錄	編號／【綴合】／（重見）	備　註	卜　辭
合集	2268 正+13283 正+《乙》4169 +《合補》5270 正+《乙》2527+《乙》3607+《乙補》817+《乙補 3229+《乙補》3295+《乙》8030【《綴彙》471】		（1）……庚子□日。王固曰：攸，㢟□。之夕雨，庚子攸。
合集	2527+12652【《契》62】		（3）……㢟……隹……㞢雨。
英藏	01054		㢟□。亡其雨。

（十一）其他

著　錄	編號／【綴合】／（重見）	備　註	卜　辭
合集	12573（《合集》24878）+《合補》4481【《甲拼續》484】		（1）辛酉卜，出，貞：㢟見，其遘雨，克卒。五月。
合集	12590		（2）㢟即穷，雨。六月。

二、弜・雨

（一）弜・雨

著　錄	編號／【綴合】／（重見）	備　註	卜　辭
合集	28425		（2）弜，亡雨。
合集	29917	「雨」字有缺刻	（3）弜雨。
合集	33938		（1）弜祉〔雨〕。 （2）不冓雨。

合集	33897		（1）戊申〔卜〕……弜雨。 （2）庚申卜，今日雨。
合補	10622		弜雨。

（二）弜舞・雨

著　錄	編號／【綴合】／（重見）	備　註	卜　辭
合集	20972		〔弜〕舞，今日不其雨，允不。
合集	33880		（2）癸巳卜，今日雨。允〔雨〕。 （3）癸巳卜，甲午雨。 （4）甲午卜，弜舞，雨。
屯南	3770		（1）癸亥卜，〔弜〕舞，雨。

（三）弜桒・雨

著　錄	編號／【綴合】／（重見）	備　註	卜　辭
合集	27656+27658【《合補》9518】		（2）弜于示桒，亡〔雨〕。 （3）于伊尹桒，乙大雨。 （4）弜桒于伊尹，亡雨。
合集	31036		（1）乙弜鬻戚，其雨。 （2）于丁亥桒戚，不雨。 （3）丁弜桒戚，其〔雨〕。
屯南	3567		（2）丁卯，貞：叀〔桒〕于河，𡆥，雨。 （3）弜桒，雨。

（四）弜鬻・雨

著　錄	編號／【綴合】／（重見）	備　註	卜　辭
合集	31036		（1）乙弜鬻戚，其雨。 （2）于丁亥桒戚，不雨。 （3）丁弜桒戚，其〔雨〕。

（五）弜熯・雨

著　錄	編號／【綴合】／（重見）	備　註	卜辭
合集	30169		（1）又大雨。吉 （2）其熯永女，又雨。大吉 （3）弜熯，亡雨。吉
合集	32289		（1）戊辰〔卜〕，熯于窞，雨。 （2）弜熯，雨。 （4）戊辰卜，熯𡚬，雨。 （12）辛雨。 （13）……雨。 （14）弜熯，雨。
合集	32298		（2）弜熯，雨。
合集	34484		（2）弜熯，雨。

（六）弜𡘱・雨

著　錄	編號／【綴合】／（重見）	備　註	卜　辭
合集	41411（《英藏》2366）		（2）弜𡘱于閃，亡雨。 （3）叀閃𡘱彡，又雨。 （4）其𡘱于霸，又大雨。 （5）弜𡘱，亡雨。 （6）霸罘門𪊨彡，又雨。

（七）弜彡・雨

著　錄	編號／【綴合】／（重見）	備　註	卜　辭
合集	27039		（1）弜丁彡，又大〔雨〕。
合集	41408		弜至彡，又大雨。
合補	9528（《天理》514）		（1）癸弜彡亡雨。 （2）……彡又雨。
屯南	2261		（1）甲弜彡，亡雨。 （2）于乙彡，又雨。 （3）乙弜彡，亡雨。

（八）弜叙・雨

著　錄	編號／【綴合】／（重見）	備　註	卜　辭
合集	30415		（1）于岳桒年，又〔雨〕。大吉 （2）其桒年河罘岳，彡，又大雨。 （4）其叙岳，又大雨。 （5）弜叙，即宗，又大雨。

（九）弜曹·雨

著　錄	編號／【綴合】／（重見）	備　註	卜　辭
合集	30033		（1）其曹钔，又大雨。 （2）弜曹，亡大雨。

（十）弜尋·雨

著　錄	編號／【綴合】／（重見）	備　註	卜　辭
合集	28749+31059【《甲拼》241】		（2）乙王尋，其每。雨。 （3）……王弜尋，其每。雨。
合集	30002		弜尋桒方，又雨。
合集	31064		貞：弜尋，其遘大雨。

（十一）弜田·雨

著　錄	編號／【綴合】／（重見）	備　註	卜　辭
合集	28520（《中科院》1612）		（1）弜省，其雨。 （2）今日王其田，湄日不雨。 （3）其雨。 （4）□雨。
合集	28556		（2）弜田，其雨。 （3）壬弜田，其雨。
合集	28602		乙丑卜，王弜祉往田，其雨。
合集	28618		（2）于壬王廼田，不雨。 （3）壬弜田，其雨。吉 （5）壬不雨。

合集	28678+29248【《甲拼》168】		（4）王弜光，其雨。 （5）王叀牢田，不冓雨。吉
合集	28680		（1）于壬王田，湄日不〔雨〕。 （2）壬王弜田，其每，其冓大雨。
合集	28716		（1）辛王弜田，其雨。 （2）其雨。
合集	28717		（1）辛王弜田，其雨。 （2）□王異田，亡大雨。
合集	28718		（1）辛弜田，其雨。 （2）弜田，其雨。
合集	28719		（2）弜田，其雨。
合集	28900		（1）今日〔壬〕……叀……雨。 （2）弜田𨻰，其雨。
合集	28971		（1）弜〔省〕𠂤，〔又〕工，〔其雨〕。 （3）弜〔省〕喪田，其雨。 （4）今日乙王弜省𠂤，又工，其雨。
合集	28993		（2）弜省宮田，其雨。 （3）叀喪田省，不雨。 （4）弜省喪田，其雨。 （5）……王其□虞田□，入，亡〔𢦏〕，不冓大雨。
合集	29002		（1）弜省喪田，其雨。吉 （2）弜省宮，其雨。吉

合集	29003		（2）弜省喪田，其雨。 （3）……王其省田……𢦔，入，不雨。
合集	29026		（2）弜至喪，其雨。
合集	29081（《合補》9091）		弜……喪……其雨。
合集	29082		弜……喪……其〔雨〕。
合集	29177		（1）壬王其〔省〕宮田，不雨。 （2）弜省宮田，其雨。吉 （4）……〔喪〕，其雨。
合集	29253		（1）王叀宰田，亡𢦔，不冓〔雨〕。 （2）弜田宰，其雨。
合集	29327		（2）翌日戊王其田，湄日不雨。 （3）弜田，其雨。
合集	29328		（1）弜田（䝨？），其雨。大吉 （2）今日辛至昏雨。
合集	29329		（1）辛弜田（䝨？），其雨。 （2）……不雨。
合集	29360		（1）其弜田𪆫，其雨。
合集	30144		（1）……弜〔田〕……每，冓大雨。 （2）……其〔獸〕，湄日亡𢦔，不冓大雨。吉
合集	30144+28515+《安明》1952【《契》116】		（1）戊辰卜：今日戊，王其田，湄日亡𢦔，不……大吉 （2）弜田，其每，遘大雨。 （3）……湄日亡𢦔，不遘大雨。 （4）其獸，湄日亡𢦔，不遘大雨……吉
合集	30161		弜至……宰，才……喪，其征〔雨〕。

合集	33533		（1）辛王弜田，其雨。 （2）壬王弜田，其雨。 （3）……盂……湄日亡𢦔，不冓雨。
合補	9185（《天理》565）		（2）今辛弜田，其雨。 （3）……弜田，〔其〕雨。
合補	13345（《蘇德美日》《德》293）		（1）其田，不冓雨。 （2）弜狄田，其冓雨。

（十二）弜戰・雨

著　錄	編號／【綴合】／（重見）	備註	卜　辭
合集	28785		弜戰，其雨。

（十三）弜步・雨

著　錄	編號／【綴合】／（重見）	備　註	卜　辭
合集	28245		（2）弜步，亡雨。

（十四）弜取・雨

著　錄	編號／【綴合】／（重見）	備　註	卜　辭
合集	30410		（2）弜取，亡大雨。吉 （3）……即……岳，又大雨。

（十五）弜匕・雨

著　錄	編號／【綴合】／（重見）	備　註	卜　辭
合集	33925+27915【《合補》9048】		（1）王其匕……不雨。 （2）弜匕，冓雨。

（十六）弜用・雨

著　錄	編號／【綴合】／（重見）	備　註	卜　辭
合集	30552		（1）弜用𦍒羊，亡雨。 （2）叀白羊用，于之，又大雨。

（十七）弜……雨

著　錄	編號／【綴合】／（重見）	備　註	卜　辭
合集	30077		（1）戊，王弜……其冓雨。 （2）〔其〕冓大雨。
合集	27310		（2）弜以万。茲用。雨。 （5）……至……弗每，不雨。
合集	27950		（1）貞：𢆶，不雨。 （2）貞：馬弜先，其遘雨。

三、不雨

（一）不雨

著　錄	編號／【綴合】／（重見）	備　註	卜　辭
合集	6		（34）庚寅卜，貞：翌辛卯王𩵋交，不雨。八月。 （35）辛卯卜，貞：今日其雨。八月。
合集	94 正		（3）壬寅卜，㱿，貞：若茲不雨，帝隹茲邑龍，不若，二月。
合集	179 反		翌甲寅不雨，□。

合集	423		（3）〔翌乙未其雨〕。 （4）翌乙未不雨。 （5）〔翌丁〕酉其雨。 （6）不雨。 （7）〔翌戊〕戌雨。 （8）翌戊戌不雨。 （9）翌己亥其雨。 （10）不雨。 （11）翌庚子其雨。 （12）〔翌庚〕子不雨。 （13）翌辛丑其雨。 （14）翌辛丑不雨。 （16）翌壬寅不雨。 （17）癸卯其〔雨〕。 （18）翌癸卯不雨。
合集	458 正（《旅順》418）	填墨	（4）甲辰卜，㱿，貞：翌乙巳其雨。 （5）不雨。
合集	518		（2）……丑其雨。 （3）……不雨。
合集	593+《掇三》708【《契》265】		（3）貞：翌庚子不雨。 （4）貞：翌庚子其雨。
合集	685 正		（10）翌壬寅其雨。 （11）翌壬寅不雨。

合集	685 反		（1）五日丙雨。 （3）王固曰：陰，不雨。壬寅不雨，風。
合集	776 正+《乙》7618+《乙》7619+《乙》7620【《醉》153】		（22）壬寅卜，㱿，貞：不雨，隹茲商㞢乍囚。 （23）貞：不雨，不隹茲商㞢乍囚。
合集	885 反		王固曰：其雨，隹今日……不雨。
合集	902 正		（1）己卯卜，㱿，貞：不其雨。 （2）己卯卜，㱿，貞：雨。王固：其雨。隹壬午允雨。 （3）……其……言〔雨〕才瀧。 （4）王不雨才瀧。
合集	914 正		（19）□□〔卜〕，穷，貞：翌乙亥不雨，易日。
合集	945 正		（21）其〔雨〕。 （22）不雨。
合集	945 反		（8）其雨。 （9）不雨。
合集	952 正		（9）翌乙丑其雨。 （10）翌乙丑不雨。
合集	974 正+17481（參考《合補》5124 部份綴合）		（5）翌甲戌其雨。 （6）翌甲戌不雨。 （7）翌己卯其雨。 （8）翌己卯不雨。
合集	1008		……伐衣……不雨……
合集	1086 反		（2）壬戌雷，不雨。 （3）四日甲子允雨。雷。

合集	1106 正（《乙》6479 綴合位置錯誤）+12063 正+《乙補》5337+《乙補》5719【《醉》198】		（2）貞：今乙卯不其雨。 （3）貞：今乙卯允其雨。 （4）貞：今乙卯不其雨。 （5）貞：自今旬雨。 （6）貞：今日其雨。 （7）今日不〔雨〕。
合集	1106 反（《乙》6480 綴合位置錯誤）+12063 反+《乙》6048+《乙補》5720【《醉》198】		（2）王〔固曰〕：其雨。 （3）〔王〕固曰……雨小，于丙□多。 （4）乙卯舞㞢雨。
合集	1248 正+《乙》3367【《合補》60 正遙綴】		（5）貞：不雨。
合集	1424		（2）甲申卜，翌乙雨。 （3）翌乙不雨。
合集	2249		（2）……不雨。
合集	2273 反+2832 反甲+2832 反乙+《乙》2299+《乙》2379+《乙補》794+《乙補》795+《乙補》5733【《綴彙》237】		（2）貞：翌庚辰其雨。 （3）貞：翌庚辰不雨。
合集	2798 正		（1）今日不雨。
合集	2837		（5）雨。 （6）貞：翌乙巳不雨。
合集	2976 正+《乙》7297》+《乙 2265+15318【《綴彙》249】		（2）貞：今夕不雨。
合集	2987+6191 正+13305【《合補》3932 正遙綴】		（2）貞：翌庚辰不雨。

合集	3199 反		（2）貞：不雨。
合集	3297 反		（2）貞：翌辛丑不其䖒。王固曰：今夕其雨，翌辛〔丑〕不〔雨〕。之夕允雨，辛丑䖒。
合集	3515		（1）不〔雨〕。
合集	3521 正		（3）自今至于己酉不雨。 （4）貞：〔今〕癸亥其雨。
合集	3742		□□〔卜〕，爭，〔貞〕……□日不〔雨〕。
合集	3792		辛卯卜，亘，〔貞〕：不〔雨〕。
合集	3809		（2）……不雨。
合集	3916		（1）戊辰卜，㱿，貞：今夕不雨。
合集	3928		（1）庚辰卜，貞：今夕不雨。
合集	5393		（1）丙戌卜，爭，貞：翌丁亥王其益〔㫚〕，易〔日〕，不〔雨〕。 （2）雨。
合集	6943		（6）辛酉卜，𣪘，貞：乙丑其雨，不隹我囚。 （7）貞：乙丑其雨，隹我囚。 （8）辛酉卜，𣪘，貞：自今至于乙丑其雨。壬戌雨，乙丑陰，不雨。 （9）辛酉卜，𣪘，自今至于乙丑不雨。
合集	7076 反		（2）翌甲申其雨。 （3）不雨。
合集	7768		（5）癸巳卜，𣪘，貞：今日其雨。 （6）癸巳卜，𣪘，貞：今日不雨。允不雨。

合集	7897+14591【《契》195】		（1）癸亥卜，爭，貞：翌辛未王其酌河，不雨。 （3）乙亥〔卜，爭〕，貞：其〔奏〕畾，衣，〔至〕于亘，不冓雨。十一月。才甫魚。 （4）貞：今日其雨。十一月。才甫魚。
合集	8473		（7）貞：今夕其雨。 （8）貞：今夕不雨。 （10）貞：今夕其雨。 （11）貞：今夕不雨。 （13）貞：今夕其雨。七月。 （14）貞：今夕不其雨。 （16）貞：今夕其雨。 （17）貞：今夕不雨。
合集	8512+《合補》3925【《契》221】		（2）貞：：翌甲寅不其易日。 （3）易日。 （4）貞：：翌庚辰不其易日。 （5）貞：：翌庚辰易日。 （6）庚辰卜，㗊，貞：今日其雨。 （7）今日不雨。
合集	9040 正		（1）庚辰卜，穷，貞：丁亥其雨。 （2）貞：翌丁亥不雨。
合集	9177 反		（2）王固曰：隹翌丁不雨，戊雨。 （3）庚〔寅〕㞢〔从雨〕。
合集	9251 正		（1）翌辛其雨。 （2）翌辛不雨。

合集	9276 正		（2）貞：今夕〔不〕雨。
合集	9465		（4）貞：翌丙辰不雨。 （5）貞：翌丙辰其雨。
合集	10144		〔丙〕申卜，爭，貞：□見兕不雨，受年。
合集	10164		（1）〔辛〕丑卜，貞：□不雨，帝□隹𦰩〔我〕。
合集	10222		（1）……今夕其雨……其雨。之夕允不雨。
合集	10344 反		（5）今日〔不雨〕。 （6）今日其雨。
合集	10389		（4）貞：其雨。 （5）丙子卜，貞：今日不雨。 （6）貞：其雨。十二月。 （8）貞：今夕不雨。 （9）貞：其雨。 （11）……雨。 （12）乙未卜，貞：今夕不雨。 （13）貞：□雨。
合集	10532		壬戌卜，貞：王往田，〔不〕雨。
合集	10533		……王往田，不雨。
合集	10813		（1）辛卯卜，不雨。
合集	11386		（1）貞：不雨。
合集	11422 反		（1）隹雨。 （2）……吉，其□丙不〔雨〕。
合集	11483 正		（1）〔癸未〕卜，爭，貞：翌〔甲〕申易日。之夕月㞢食，甲陰，不雨。

合集	11497 反		（2）九月甲寅酚，不雨。乙巳夕㞢異于西。
合集	11770 正		（1）丙戌卜，貞：不雨。 （2）丙□〔卜〕，貞：□雨。
合集	11771		己酉卜，史，貞：不雨。
合集	11773		貞：□乙亥不雨。
合集	11774 正		貞：甲午不雨。
合集	11774 反		（1）……甲不雨。
合集	11775		□戌卜，□，貞：中日不雨。
合集	11776（《合集》12041）		（1）貞：〔今〕日不雨。
合集	11777		貞：不雨。
合集	11778		（2）貞：不雨。
合集	11779 正		（2）貞：不雨。
合集	11779 反		（1）□□卜……雨。 （2）……不雨
合集	11780		貞：不雨。
合集	11781		貞：不雨。
合集	11782		貞：不雨。
合集	11783 正		（3）貞：不雨。
合集	11784		丁巳卜，不雨。
合集	11785		（1）己亥雨不。 （2）乙□〔雨〕。
合集	11786		□亥……不雨……隹丙……

合集	11791		（2）乙亥不雨。
合集	11792		（1）……不雨。
合集	11793		……不雨。
合集	11794 反		（2）……不雨
合集	11795（《合補》3747）		（1）……雨。 （2）不雨。
合集	11796		（1）……夕雨。 （2）不雨。
合集	11797		不雨。
合集	11798		……其益……不雨。
合集	11799		王固曰：庚吉。不雨。
合集	11800		（1）……不雨。
合集	11801		……不雨。六〔月〕。
合集	11802		……不雨。
合集	11803 正		……不雨。
合集	11804+《合補》3751+13248【《契》70】		（3）貞：自今至于庚辰不雨。 （4）不雨。 （5）不雨。 （6）貞：翌甲申易日。 （7）不其易日。 （8）翌甲申易日。 （9）不其易日。
合集	11805 正		乙酉〔卜〕，㱿，貞：□日步，不〔雨〕。

合集	11806		（2）貞：不雨。
合集	11807		（2）……不雨。
合集	11808		……往……不雨。
合集	11841		……壬……丁雨……不雨。
合集	11845		（2）……不雨。丁陰，庚夕雨，于壬雨……
合集	11887		（1）□卯其雨。 （2）乙□不雨。
合集	11902 正		（1）其雨。 （2）不雨。
合集	11925		（1）貞：不其雨。 （2）不雨。
合集	11948		（1）貞：不其雨。 （2）不雨。
合集	12012		（1）□午卜，今日雨。 （2）甲寅〔卜〕，貞：□□不〔雨〕。
合集	12025		癸酉卜，貞：今日不雨。
合集	12026（《合補》3725）		□卯卜，〔穷〕，〔貞〕：今日不雨。
合集	12027		戊寅〔卜〕，古，貞：今日不雨。
合集	12028		（1）乙未卜，爭，貞：今日不〔雨〕。
合集	12029		丁巳卜，貞：今日不〔雨〕。
合集	12030 正		（1）貞：今日不雨。
合集	12031		貞：今日不雨。

合集	12032		貞：今日不雨。
合集	12033		貞：今日不雨。
合集	12034		貞：今日不雨。
合集	12035		貞：今日不雨。
合集	12036		（1）貞：其雨。 （2）貞：今日不雨。 （3）貞：其〔雨〕。七月。
合集	12038		貞：今〔日〕不雨。
合集	12039		貞：今〔日〕不雨。
合集	12040		貞：今〔日〕不雨。
合集	12041		貞：〔今〕日不雨。
合集	12042		（2）貞：今庚戌不雨。
合集	12043		（1）貞：今壬寅王步，不雨。
合集	12044		丙辰卜……日不雨。
合集	12045 反		今日不雨。
合集	12046		（1）今日不雨。
合集	12053		（1）己丑卜，韋，貞：今日其雨。 （2）貞：今日不雨。
合集	12054（《合補》3531）		（1）戊戌不雨。 （2）□□卜，穷，貞：今日其雨。
合集	12068		（1）貞：今日其雨。 （2）貞：今日不雨。

合集	12077		（1）甲寅其雨。 （2）甲寅不雨。 （3）貞：今日不雨。 （4）貞：今辛丑其雨。
合集	12088		（1）……不雨。 （2）今日其〔雨〕。
合集	12157		（2）今夕雨。 （3）□不雨。
合集	12161		癸丑卜，𡆥，貞：今夕不雨。
合集	12162		（1）乙亥卜，貞：今夕不雨。
合集	12163 正		（1）己丑卜，爭，貞：今夕不雨。 （2）〔己〕丑卜，爭，貞：今夕雨。
合集	12164		（1）丙子卜，貞：今夕不雨。
合集	12165		庚辰卜，貞：今夕不雨。
合集	12166		丁丑卜，貞：今夕不雨。
合集	12167		（1）辛卯卜，貞：今夕不雨。 （2）〔今〕夕不〔雨〕。
合集	12168		〔辛〕亥卜，〔貞〕：今夕不雨。
合集	12169		乙未卜，貞：今夕〔不〕雨。
合集	12171		（1）□□卜，貞：今夕不雨。
合集	12172		（1）貞：今夕不雨。
合集	12173		貞：今夕不雨。

合集	12174		貞：今夕不雨。
合集	12175		貞：今夕不雨。
合集	12176		貞：今夕不雨。
合集	12177		貞：今夕不雨。
合集	12178		貞：今夕不雨。
合集	12179		貞：今夕不雨。□〔月〕。〔註1〕
合集	12180		貞：今夕不雨。
合集	12181		貞：今夕不雨。
合集	12182		貞：今夕不雨。
合集	12183		貞：今夕不〔雨〕。
合集	12184		貞：今夕不雨。
合集	12185		貞：今夕不雨。
合集	12186（《合補》9481）		貞：今夕不雨。
合集	12187		貞：今夕不雨。
合集	12188		（1）貞：今夕不雨。
合集	12189		貞：今夕不雨。
合集	12190		（1）貞：今夕不雨。 （2）貞：今夕其雨。
合集	12191		貞：今夕不雨。
合集	12192		貞：今夕不雨。

〔註1〕「□〔月〕」據《中科院》1133補。

合集	12193		貞：今夕不雨。
合集	12194		貞：今夕不雨。
合集	12195		貞：今夕不雨。
合集	12196 正		貞：今夕不雨。
合集	12197		貞：今夕不雨
合集	12198		貞：今夕不雨。
合集	12199		貞：今夕不雨。
合集	12200		貞：今夕不雨。
合集	12201		貞：今夕不雨。
合集	12202		貞：今夕不雨。
合集	12203 正		貞：今夕不雨。
合集	12204		貞：今夕不雨。
合集	12205		貞：今夕不雨。
合集	12206		貞：今夕不雨。
合集	12207 反		（1）貞：今夕不雨。 （2）……其雨。
合集	12208		（1）〔貞〕：今夕□雨。 （2）貞：今夕不雨。
合集	12209		貞：今夕不雨。一月。
合集	12210		（1）貞：今夕不雨。 （2）……雨。
合集	12211		貞：今夕不雨。

合集	12212		貞：今夕不雨。
合集	12213		貞：今夕不雨。
合集	12214		貞：今夕不雨。
合集	12215		貞：今夕不雨。
合集	12216		貞：今夕不雨。
合集	12217		（1）〔貞〕：今夕不雨。
合集	12219		庚子卜，貞：今夕不雨。
合集	12220		貞：今〔夕〕不雨。之夕……
合集	12221		（1）貞：今夕雨不。
合集	12222		〔貞〕：今己巳夕不雨。
合集	12223		（1）貞：今壬子夕不雨。
合集	12224		（1）庚子卜，今夕不雨。 （2）〔今〕夕□雨。
合集	12225		今夕不雨。
合集	12226		今夕不雨。
合集	12227		今夕不雨。
合集	12228		今夕不雨。
合集	12229		今夕不雨。
合集	12230		（1）今夕不雨。
合集	12231 正		今〔夕〕不雨。
合集	12237 乙（《合補》9507）		貞：今夕不雨。

合集	12312 正甲乙+17311 正+《乙補》2620+《乙補》2629+《乙補》2631+《乙補》2746+《乙補》3039+《乙補》5106+《乙補》6771+《乙補》6774+《乙補》6992【《醉》381】		（5）甲辰卜，爭，貞：自今至于戊申雨。 （6）自今甲至于戊申不雨。
合集	12314		（1）癸巳卜，亘，貞：自今五日雨。 （2）貞：自今五日不雨。 （3）〔甲〕午卜，亘，貞：雨。 （4）甲午雨。 （6）庚子〔卜〕，□，其雨。 （7）辛丑卜，亘，其雨。 （8）辛〔丑〕卜，亘，不雨。 （9）乙巳卜，亘，其雨。 （1）雨……
合集	12316	（3）後「日」字為「其」字誤	（1）貞：自今五日至于丙午〔雨〕。 （2）貞：今五日至〔于丙午不雨〕。 （3）自今五日日雨。 （4）自今五日不其雨。
合集	12324 正+《乙補》587+《乙補》1472+《乙補 1487 倒+《乙補》1474【《醉》26】		（1）丁巳卜，亘，貞：自今至于庚申其雨。 （2）貞：自今丁巳至于庚申不雨。 （3）戊午卜，㱿，貞：翌庚申其雨。 （4）貞：翌庚申不雨。
合集	12348		（2）乙丑卜，㪤，貞：翌丙雨。 （4）己卯卜，翌庚易日，不雨。不易日，攺。

合集	12357+12456+《英藏》1017（《合集》13446、《合補》3733）【《合補》13227】		（1）丁□卜，內，翌戊□雨。陰。 （2）丙戌卜，內，翌丁亥不其雨。丁亥雨。 （3）茲不𢀛，雨。 （4）丁亥卜，內，翌戊子不其雨。戊陰，不雨。 （5）戊子卜，內，翌己丑雨。己敄。 （6）〔己〕丑卜，內，翌庚寅雨。不雨，陰。 （7）翌己丑不其雨。 （8）〔庚〕寅不其雨。
合集	12367+《乙》5136+《乙》5195【《醉》366】		（1）翌雨。 （2）翌不雨。
合集	12369		癸丑卜，爭，貞：翌丁巳不雨，〔易日〕。
合集	12370		（1）乙酉卜，爭，貞：翌丁亥不雨。
合集	12371		□□卜，爭，〔貞〕：翌丁亥不雨。
合集	12372		（1）〔丙〕戌卜，史，貞：翌丁亥不雨。
合集	12373		（1）己丑〔卜〕，㞢，貞：翌庚寅不雨。
合集	12374		□□〔卜〕，〔㞢〕，貞：翌辛未不雨。
合集	12375		庚午卜，穷，貞：翌辛未不雨。
合集	12376+《乙》4906+《乙》8543+《乙補》3501+《乙》4767+《乙》8374+《乙補》4215【《醉》368】		（3）壬申卜，內，貞：翌乙亥其〔雨〕。乙亥□暈。 （4）壬申卜，內，貞：翌乙亥不雨。乙亥……
合集	12377		（1）〔乙〕未卜，㱿，〔貞〕：翌丙申不雨。 （2）……雨。
合集	12378		□丑卜，㱿，〔貞〕……卯不雨。

合集	12379		（2）貞：翌丁丑不雨。
合集	12380		甲辰卜，貞：翌〔乙〕巳不雨。
合集	12381		（1）丁海埔，貞：翌戊〔子〕不雨。
合集	12382		貞：翌庚午不雨。
合集	12383 正		貞：翌丁未不雨。
合集	12384		貞：翌丁巳不〔雨〕。
合集	12385		貞：翌辛丑不雨。
合集	12386 正		（1）貞：翌丁未不雨。
合集	12387 正		貞：翌丁卯不雨。
合集	12388		（1）貞：翌壬午不雨。 （2）貞：翌癸未不雨。
合集	12389		〔貞〕：翌丁未不雨。
合集	12390		貞：翌庚子不雨。
合集	12391（《合集》40259）		（1）戊申卜，亘，貞：翌庚〔戌〕其〔雨〕。 （2）貞：翌庚戌不雨。
合集	12392		貞：翌辛亥不雨。
合集	12393+12413【《契》30】		（2）貞：翌庚辰不雨。 （3）翌庚辰其宜，不其易日。 （4）貞：翌丁亥其雨。
合集	12394（《合補》3721）		（1）〔貞：翌〕戊〔寅〕其〔雨〕。 （2）貞：翌己卯不雨。
合集	12395		（2）貞：翌□□不雨。

合集	12396 正		（1）翌甲申雨。 （2）翌甲申不雨。
合集	12396 反		王固曰：今夕不雨。翌甲申雨。
合集	12397 反		貞：翌丁未不雨。
合集	12398		（1）翌乙未不雨。
合集	12399		翌壬申不雨。
合集	12400+12442【《甲拼》156】		（1）翌甲戌〔不〕雨。 （2）翌甲戌其雨。 （4）翌乙亥其雨。
合集	12401		（1）翌乙丑不雨。
合集	12402		翌己巳不雨。
合集	12403		翌庚□不雨。
合集	12404+《合補》473【《契》93】		庚陳卜，疒，貞：易辛巳不雨。
合集	12405		□卯卜，翌□巳不〔雨〕。
合集	12406（《合集》12044）		丙辰卜，〔翌〕丁不雨。
合集	12410		（1）戊辰卜，韋，貞：翌己巳其〔雨〕。 （2）〔貞：翌〕己巳不雨。
合集	12393+12413【《契》30】		（2）貞：翌庚辰不雨。 （3）翌庚辰其宜，不其易日。 （4）貞：翌丁亥其雨。
合集	12424（《合補》3771）		（1）貞：翌庚辰其雨。 （2）貞：翌庚辰不雨。庚辰〔陰〕，大采……

合集	12425+《珠》766【《合補》3770】		（1）不其雨。 （1）貞：翌庚辰其雨。 （2）貞：翌庚辰不雨。庚辰陰，大采雨。
合集	12430		（1）貞：翌庚子其雨。 （2）貞：翌庚子不雨。
合集	12431		（2）貞：不雨。 （3）貞：翌乙丑其雨。 （4）貞：不雨。 （6）貞：翌丁卯其雨。
合集	12432		（1）貞：□夕□〔雨〕。 （2）貞：翌戊申其雨。 （3）貞：翌戊申不雨。
合集	12432+19251【《契》50】		（1）貞：今夕其雨。 （2）貞：今夕不雨。 （3）貞：翌戊申其雨。 （4）貞：翌戊申不雨。
合集	12433		（1）貞：今夕其雨。 （2）貞：今夕不雨。之夕不雨。 （3）貞：翌戊申其雨。 （4）貞：翌戊申不雨。
合集	12434 正		（1）貞：翌乙亥其雨。 （2）貞：翌乙亥不雨。
合集	12436		（2）戊子卜，[illegible]，翌己丑其雨。 （3）戊子卜，[illegible]，翌己丑不雨。

			（4）己丑卜，㱿，翌庚寅其雨。 （5）己丑卜，翌庚寅不雨。 （6）庚寅卜，㱿，翌辛卯不雨。 （7）翌辛卯其雨。
合集	12437		（1）壬申卜，殻，翌甲戌其雨。 （2）壬申卜，殻，翌甲戌不雨。
合集	12438 反		庚寅不雨。
合集	12439 反		……曰勿㞢不雨……
合集	12441 甲		翌癸卯不雨。
合集	12443		（1）翌己巳其雨。 （2）翌己巳不雨。
合集	12444		（1）翌癸卯其雨。 （2）翌癸卯不雨。
合集	12445 正		（1）翌乙亥其雨。 （2）翌乙亥不雨。 （3）翌□丑□雨。
合集	12446 部份+20864+《乙補》2597+《乙補》95+《乙》490 倒+《合補》3657+《乙》6347+《乙》6336 倒【《醉》284】		（1）翌庚寅其雨。 （2）翌庚寅不雨。 （4）翌辛卯不雨。 （5）翌壬辰雨。 （6）翌壬〔辰〕不雨。 （7）翌癸巳其雨。 （8）翌癸巳不雨。

合集	12447 甲+《乙補》956+《乙補》2101+《乙補》1333+《乙》1082【《綴續》515、《醉》63】		（1）翌乙亥不雨。 （2）翌丙子不雨。 （3）翌丁丑不雨。 （4）……不雨。
合集	12447 乙+《乙補》956+《乙補》2101+《乙補》1333【《綴續》515、《醉》63】		（1）……其雨。 （2）翌乙亥其雨。 （3）翌丙子其雨。 （4）翌丁丑其雨。 （5）翌庚辰其雨。
合集	12449 乙+12449 甲部份（《乙》2611）+《乙補》5924+ 【《醉》65】		（1）翌庚寅其雨。 （2）翌庚寅不〔雨〕。 （3）翌辛卯其雨。
合集	12450		（3）翌辛卯不雨。 （4）〔翌〕辛卯其雨。
合集	12453		（1）貞：翌辛未不其雨。不雨。 （2）……〔不其雨〕。
合集	12465 正		（1）戊辰卜，爭，〔貞〕：來乙亥其雨。 （2）戊辰卜，爭，貞：來乙亥不雨。
合集	12469 正		（1）貞：來乙未不雨。
合集	12499		（1）丁丑〔卜〕，□，貞：今夕不雨。一月。
合集	12511 正		（1）己丑卜，𡆥，貞：翌庚寅不雨。 （2）丙申卜，亘，貞：今二月多雨。王𡆥曰：其隹丙……
合集	12517		（1）翌丁亥其雨。二月。 （2）翌丁亥不〔雨〕。允不〔雨〕。

合集	12523		（1）貞：不雨。才白。二月。
合集	12524		（1）□酉卜，不雨。二月。
合集	12541		今三月不〔雨〕。
合集	12542		……雨。乙丑不雨。三月。
合集	12562（《合集》24854）		……雨。之夕允不雨。四月。
合集	12580		……不雨。五月。
合集	12586		（1）貞：今夕不雨。 （2）貞：其〔雨〕征。六〔月〕。
合集	12588		（1）□不雨。
合集	12591		（1）辛亥卜，翌壬子雨。 （2）貞：不雨。六月。 （4）……雨。
合集	12592		易〔日〕，不雨。六月。
合集	12605		……不雨。七月。
合集	12606		（2）貞：今夕不雨。七月。
合集	12616+《甲》3444+《甲》3448【《合補》3620、4796】		（2）丁丑〔卜〕，史，〔貞〕……不雨。 （3）□□〔卜〕，□，貞：今夕不雨。九月。
合集	12623 甲		（5）貞：今夕其雨。十月。 （6）貞：今夕不雨。十月。 （7）貞：今夕其雨。 （8）貞：今夕其雨。 （9）……其雨。 （10）貞：今夕其雨。

			（11）貞：今夕其雨。 （12）貞：今夕其雨。
合集	12623 乙		（3）……夕……雨。 （4）〔貞〕：今夕□雨。十月。 （5）貞：今〔夕〕不〔雨〕。
合集	12625		貞：不雨。十月。
合集	12734		（2）貞：其菁雨。 （3）貞：不雨。 （4）……雨。
合集	12873 正		自西不雨。
合集	12878 正（合集 4654）+7855+1467【《契》33】		……貞：若茲不雨，隹茲邑㞢于帝……
合集	12887		（1）貞：不雨，不〔隹𡆥〕。
合集	12919		（1）庚申其〔不〕雨。允不〔雨〕。 （2）辛酉不其雨。
合集	12920		癸卯卜，茲〔日〕不雨。允不〔雨〕。
合集	12951		……今日不雨，于丁。之夕允〔雨〕。
合集	12960		貞：今丙申不雨。之□允□□。
合集	12961		貞：今夕不雨。之夕允不〔雨〕。
合集	12973+臺灣某收藏家藏品+《乙補》5318+《乙補》229【《綴彙》218】		（1）甲子卜，㱿，翌乙丑不雨。允□雨。 （2）甲子卜，㱿，翌乙丑其雨。 （3）……翌……雨，允不雨。 （4）乙丑卜，㱿，翌丙寅其雨。

			（5）丙寅卜，𣪊，翌丁卯不雨。 （6）丙寅卜，𣪊，翌丁卯其雨。丁卯允雨。 （7）丁卯卜，𣪊，翌戊辰不雨。 （8）丁卯卜，𣪊，翌戊辰其雨。 （9）戊辰卜，𣪊，翌戊辰不雨。 （10）戊辰卜，𣪊，翌戊辰其雨。 （11）己巳卜，𣪊，翌庚午不雨。允不〔雨〕。 （12）己巳卜，𣪊，翌庚午其雨。 （13）壬申卜，𣪊，翌癸……雨。 （14）癸酉卜，𣪊，翌甲戌不雨。 （16）〔乙亥〕卜，𣪊，翌丙子不雨。 （17）乙亥卜，𣪊，翌丙子其雨。 （18）丙子卜，𣪊，翌丁丑不雨。 （19）翌丁丑其雨。 （20）辛酉卜，𣪊，翌壬戌不雨，之日夕雨不祉。 （21）辛酉卜，𣪊，翌壬戌其雨。 （22）壬戌卜，𣪊，翌癸亥不雨，癸亥雨。 （23）癸亥卜，𣪊，翌甲子不雨，甲子雨小。
合集	12974		（2）丁丑卜，翌戊寅不雨。允不雨。 （3）翌戊寅其雨。 （4）戊寅卜，爭，貞：翌己卯其雨。 （5）戊寅卜，爭，翌己卯不雨。
合集	13016		（4）貞：不雨。

合集	13240		（1）癸未卜，〔穷〕，〔貞：翌〕乙酉其〔雨〕。 （2）貞：翌乙酉不雨。 （3）其雨。
合集	13316 正		（1）□□〔卜〕，□，〔貞〕：翌丁丑不雨。 （3）□□〔卜〕，□，〔貞〕：翌丁丑其雨。
合集	13327		丁巳卜，貞：王室日，不雨。
合集	13375 反		（1）……〔翌〕壬不雨，壬其雨。
合集	13446（《合補》3733、13227）		（1）……丁亥雨。 （2）……不其雨。戊陰，不雨。
合集	13451		……日其雨。至于丙辰陰，不雨。
合集	13458		（2）……不雨……允陰。六月。
合集	13459 反		……隹丙不吉。〔乙〕巳彫，陰……不雨……其……
合集	13584 反乙		（2）隹癸不雨。
合集	13666 反		（1）今丁巳其雨。 （2）貞：今丁巳不雨。
合集	13713 正		（1）貞：雨。 （2）貞：不〔雨〕。
合集	14118		（1）□亥……不雨。□月。
合集	14161 反（《合補》3367 反）		（1）己丑卜，爭，翌乙未雨。王固曰…… （2）……〔乙〕未不雨。 （3）〔癸〕未卜，爭，貞：雨。 （4）王固曰：雨，隹其不祉。甲午允雨。 （5）王固曰：于辛雨。

合集	14201		（1）戊辰卜，爭，貞：其雨。 （2）貞：不雨。
合集	14591		（1）癸亥卜，爭，貞：翌辛未王其酚河，不雨。 （3）貞：今日其雨。十月。才甫魚。
合集	14732		（3）……之……雨。 （9）丙子卜，內，翌丁丑其雨。 （10）翌丁丑不雨。
合集	16131 正		（4）其雨。 （5）不雨。 （8）貞：翌癸丑其雨。 （9）翌甲寅其雨。
合集	16297+39895+40264（《英藏》1005）【《甲拼》270】		（2）雨至。貞：今夕亡囚。 （4）翌庚子不雨。 （6）翌庚子其雨。
合集	16449+17387【《甲拼》127】		（1）〔貞〕：翌〔丁〕巳其雨。 （3）貞：翌丁巳不雨。
合集	16500		（2）貞：今夕不雨。
合集	16501		（1）壬子卜，貞：今〔夕〕不雨。
合集	16504		（1）貞：不雨。
合集	16551 正		（1）貞：其雨。七〔月〕。 （2）貞：今夕不雨。
合集	16556		（2）貞：〔今〕夕不雨。 （3）貞：其雨。

合集	16565		（1）辛巳〔卜〕，𡆥，貞：今夕不雨。
合集	16573		（2）貞：今夕不雨。十一月。
合集	16588		（3）戊寅〔卜〕，□，貞：今〔夕不〕雨。
合集	16607		（2）貞：不雨。
合集	16610		（3）丙戌卜，貞：今夕不〔雨〕。
合集	18801+24739【《契》366】		（2）己巳卜，貞：今日血𡆥，不雨。 （4）壬申卜，出，貞：今日不雨。
合集	20038		（5）丁酉卜，戊戌雨。 （6）戊戌不雨。 （7）丁酉卜，于己亥雨。 （8）己亥不雨。 （9）丁酉卜，于庚子雨。 （10）庚子不雨。 （11）丁酉卜，于辛丑雨。 （12）丁酉卜，于壬寅雨。 （13）戊戌卜，于辛丑雨。
合集	20262		（1）丙申卜，王入，乙巳不雨。 （2）戊□卜，□不雨。
合集	20398		（2）戊寅卜，于癸舞，雨不。 （3）辛巳卜，取岳，比雨。不比。三月。 （4）乙酉卜，于丙𡆥岳，比。用。不雨。 （7）乙未卜，其雨丁不。四月。 （8）以未卜，翌丁不其雨。允不。 （10）辛丑卜，𡆥𤰈，比。甲辰陷，雨小。四月。

合集	20470		（4）丙午卜，其生夕雨，癸丑允雨。 （5）……陰，不雨。 （7）……甾……其……昃……雨……雨。
合集	20724		乙卯卜……霓，不雨。
合集	20759		庚〔子〕……玟不雨。
合集	20760		庚子卜，戰，辛丑步，不雨。允不。九〔月〕。
合集	20766		（1）丁〔亥卜〕，戊不雨。 （2）丁亥卜，己蓺，不雨。
合集	20898		（1）丁巳卜，王曰：庚其雨，□其雨，不雨，攺。 （4）□□卜，𠂤曰：乙丑其雨，允其雨。
合集	20906		辛亥卜，𠂤，不雨。
合集	20907		己未卜，今日不雨，才來。
合集	20910		……不雨今日。
合集	20914		乙酉卜，雨。今夕雨，不雨。四月。
合集	20916		今夕雨，不雨。
合集	20917		今夕不雨。
合集	20921		己丑卜，〔灿〕，自今五日〔至于〕癸巳其雨，不雨。癸……
合集	20923		（2）辛丑卜，𠂤，自今至于乙巳日雨。乙陰，不雨。 （3）……自今至于乙丑不雨。
合集	20926		（2）甲不雨。
合集	20939		（1）己未至于辛酉雨。 （2）玐卯不〔雨〕。

合集	20948		不雨。乙幺雨少。
合集	20950		（2）司癸卯羊，〔其〕……今日雨，至……不雨。
合集	20958		……不雨，六月。
合集	20974		（1）己酉卜……雨[illegible]，雨。各云，〔不〕雨。 （2）丙戌卜，于戊雨。 （3）丙戌卜，□[illegible]舞[illegible]，雨，不雨。 （4）丁亥卜，舞[illegible]，今夕雨。
合集	20977		（2）……不雨，允攺。
合集	20990		（2）戊申卜，己其雨，不雨攺，小……。
合集	21013		（2）丙子隹大風，允雨自北，以風。隹戊雨。戊寅不雨。[illegible]曰：征雨，〔小〕采[illegible]，兮日陰，不〔雨〕。庚戌雨陰征。□月。 （3）丁未卜，翌日昃雨，小采雨，東。
合集	21022		（4）……云其雨，不雨。 （5）各云不其雨，允不攺。 （6）己酉卜，令其雨印，不雨，甶攺。
合集	21065		（1）壬午卜，來乙酉雨，不雨。
合集	21083		（1）𡆥云，不雨。 （2）不雨。
合集	21099		（1）癸未卜，不雨，允不。
合集	21779		（2）戊辰，貞：雨。 （3）己巳，貞：雨。 （4）己不雨。

合集	21941		癸未，貞：不雨。
合集	22056		（2）戊寅卜，不雨，隹……爵。
合集	22274		（1）又兄丁二牢，不雨。用，征。 （8）貞：王亡蔑卑征雨。
合集	22311		□□卜，亞，不雨。
合集	22386		（4）□〔酉〕不雨。
合集	22539		（3）辛亥卜，旅，貞：今夕不雨。 （4）〔壬〕子卜，旅，貞：王室日，不雨。
合集	22751		（2）甲子，王卜曰：翌乙丑其彡翌于唐，不雨。
合集	22866		（1）〔丁〕巳卜，旅，貞：王室中丁魯不雨。
合集	22915		（2）甲申卜，旅，貞：今日至于丁亥易日，不雨。才五月。
合集	23121		（5）乙丑卜，王曰：貞：翌丁卯不雨。丙戌雨。
合集	23155		（6）辛卯卜，行，貞：翌日不雨。 （7）其雨。
合集	23181		（4）戊戌卜，行，貞：今夕不雨。 （5）貞：其雨。才六月。
合集	23181+25835【《甲拼續》395】		（5）戊戌卜，行，貞：今夕不雨。 （6）貞：其雨。在六月。
合集	24146		（1）丙戌卜，貞：今日不雨。
合集	24161		（3）庚申卜，旅，貞：翌辛〔酉〕不雨。
合集	24170		（2）庚寅卜，冎，貞：今日不雨。
合集	24174		（1）癸卯卜，冎，貞：今日不雨。

合集	23815+24333【《綴彙》495】		(6) 乙丑……曰貞：今日……于翌不雨。 (7) 貞：其征雨。 (8) 乙丑征雨，至于丙寅雨，𡆥。
合集	24365		(1) □□〔卜〕，行，〔貞：今〕夕〔不〕雨。 (2) 貞：其雨。才旛卜。
合集	24662		(1) 戊午卜，尹，貞：雨。 (2) 貞：不〔雨〕。
合集	24666		丙申卜，王，貞：曰不雨。
合集	24667		(1) 曰：貞：不雨。
合集	24668		(1) 丁丑卜，旅，貞：日不雨。
合集	24669		屯日不雨。
合集	24670 反		(1) □戌卜，行，〔貞〕：今日不雨。 (2) 壬申〔卜，行〕，貞：今□不〔雨〕。
合集	24672		乙不雨。
合集	24673		〔丙〕寅卜，大，〔貞〕：翌丁〔卯〕不雨。
合集	24674		丙辰〔卜〕，□，貞：翌丁〔巳〕不雨。
合集	24675		〔丙〕□卜，大，〔貞〕：翌丁□不雨。
合集	24676		……不雨。四月。
合集	24677		(1)〔貞〕：不雨。
合集	24678		貞：不雨。
合集	24679		(1) 貞：不雨。
合集	24680		不雨。

合集	24681		（1）貞：不雨。
合集	24682		□□卜，□，貞：雨，不雨。
合集	24684		（1）……其雨。 （2）……〔今〕夕不雨。之夕允不雨。
合集	24685		（1）〔丁〕□卜，尹，〔貞〕：翌戊……王其……雨。 （2）丙寅〔卜〕，□，貞：翌……不〔雨〕。
合集	24688		（1）貞：其雨。三月。 （2）貞：〔不雨〕。
合集	24700		（1）〔貞〕：其雨。 （2）貞：不〔雨〕。
合集	24709		（1）貞：不雨。三月。
合集	24717		貞：不雨。
合集	24718		（1）貞：不其雨。 （2）丁酉卜，出，貞：五日雨。 （3）辛丑卜，出，貞：自五日雨。 （4）不雨。
合集	24729		（1）□未卜，大，〔貞〕……衣日……不雨。
合集	24734		（1）辛亥卜，貞：今日不雨。□衣。
合集	24741		甲戌卜，大，貞：今日不雨。
合集	24742		壬戌卜，祝，貞：今不雨。
合集	24743	「日」字有缺刻	乙亥卜，出，貞：今日不雨。
合集	24745		庚寅卜，旅，貞：今日不雨。

合集	24746		（1）戊戌卜，□，貞：今日不雨。 （2）……雨。
合集	24747		（1）甲寅卜，旅，貞：今日不雨。 （2）貞……雨。
合集	24748		（1）甲寅卜，即，貞：今日不雨。三〔月〕。
合集	24749		己酉卜，出，貞：今日不雨，之〔日允〕不〔雨〕。
合集	24750		（2）貞：今日不雨。 （3）貞：其雨。
合集	24751		（1）貞：今日不雨。
合集	24752		（1）貞：其雨……月。 （2）今日不雨。
合集	24753		（2）貞：其〔雨〕。 （3）貞：今日不雨。
合集	24753+24199【《甲拼三》603】		（1）貞：其〔雨〕。 （2）貞：今日不雨。 （3）其〔雨〕。
合集	24754		（1）貞：今日不雨。 （2）貞：其雨。
合集	24755		□卯，出，貞：今日不雨。
合集	24760		（1）貞：今日不雨。 （2）貞：今日其雨。才六月。
合集	24778（《合集》29950）		（1）庚午〔卜〕，貞：今夕雨。 （2）貞：不雨。才二月。
合集	24785		貞：今夕〔不〕雨。

合集	24791+24803【《甲拼三》713】		（1）貞：今夕〔不〕雨。 （2）貞：〔其雨〕。才〔四月〕。 （3）貞：其雨。才四月。 （4）貞：其雨。才㠯。 （5）貞：其雨。才四月。 （6）貞：今夕不雨。 （7）貞：其雨。 （9）貞：今夕不雨。才五月。 （10）貞：其雨。 （12）貞：今夕不雨。才五月。 （13）〔貞〕：其雨。
合集	24800		（1）丁酉〔卜〕，□，貞：今〔夕〕雨。 （3）貞：不雨。
合集	24802		（3）戊辰卜，行，貞：今夕不雨。 （4）貞：其雨。才三月。
合集	24803		（1）貞：〔其雨〕。才〔四月〕。 （2）貞：其雨。才四月。 （3）貞：其雨。才㠯。 （4）貞：其雨。才四月。 （5）貞：今夕不雨。 （6）貞：其雨。 （8）貞：今夕不雨。才五月。 （9）貞：其雨。 （11）貞：今夕不雨。才五月。 （12）〔貞〕：其雨。

合集	24804		（1）辛未卜，行，貞：今夕不雨。 （2）□□卜，行，〔貞：今〕夕□雨。 （3）乙亥卜，行，貞：今夕不雨。 （4）貞：其雨。才五月。 （5）……雨……五月。 （6）……雨……五月。
合集	24805		（3）辛未卜，行，貞：今夕不雨。才十二月。 （4）……亡……雨。
合集	24806		（1）□夕不雨。才四月。
合集	24807		（2）壬辰卜，貞：今夕不雨。
合集	24808		乙未卜，出，貞：今夕不雨。
合集	24809		己巳卜，貞：今夕不雨。
合集	24810		（1）丙申卜，貞：今夕不雨。 （2）貞：今夕其雨。八月。
合集	24812		（2）貞：今夕不雨。 （3）貞：其雨。 （4）不雨。
合集	24813		（1）貞：今夕不雨。之夕…… （2）貞：今夕不雨，之夕允不〔雨〕。
合集	24814		（2）貞：今夕不雨。 （3）貞：其雨。
合集	24815		戊申卜，冎，貞：今夕不雨。
合集	24816		（2）……今夕不雨。

合集	24817		貞：今夕不雨。
合集	24818		乙卯卜，貞：今夕不雨。
合集	24819		貞：今夕不雨。
合集	24820		（1）貞：今夕不雨。
合集	24821		貞：今夕不雨。
合集	24822		……貞：今夕不雨。才四月。
合集	24823		貞：今夕不雨。
合集	24824		（1）貞：今夕不雨。
合集	24825		貞：今夕不雨。
合集	24826		貞：今夕不雨。
合集	24827		（1）貞：今夕不雨。 （2）〔貞〕……雨。
合集	24828		貞：今夕不雨。
合集	24829		貞：今夕不雨。
合集	24830		貞：今夕不雨。
合集	24831		貞：今夕不雨。
合集	24832		貞：今夕不雨。
合集	24833		貞：今夕不雨。
合集	24834		貞：今夕不雨。
合集	24835		……夕不雨。
合集	24836（《合補》13221）		（1）貞：今夕不雨。
合集	24837		□□〔卜〕，即，〔貞〕：今夕〔不〕雨。

合集	24838		（1）貞：今〔夕〕不雨。
合集	24896		辛卯卜，即，貞：王室〔丁〕不雨。
合集	24898		（1）歲不雨。
合集	25148		（2）辛卯卜，即，貞：王室歲，不雨。
合集	25254		□卯卜，即，〔貞〕：王室叙，不雨。三月。
合集	25936		（2）甲辰〔卜〕，□，貞：今日不雨。
合集	27000		（1）王其各于大乙𢦏伐，不冓雨。 （2）不雨。吉　茲用
合集	27041		（1）甲戌卜，翌日乙王其尋盧白濼，不雨。
合集	27146		（8）己巳卜，狄，貞：王其田，不冓雨。 （9）己巳卜，狄，貞：王冓雨。 （20）戊寅卜，貞：王其田，不雨。
合集	27310		（2）弜以万。茲用。雨。 （5）……至……弗每，不雨。
合集	27515		（5）壬戌卜，狄，貞：今日不雨。 （6）□□卜，□，〔貞：今〕日不〔雨〕。
合集	27708		（1）□□卜，洋，貞：今夕不雨。
合集	27765		夕入，不雨。吉
合集	27766		（1）夕入，不雨。
合集	27769		（1）其鬻入，于之若。万不雨。
合集	27772		（2）䢅入，不雨。
合集	27773		䢅入，不雨。

合集	27780		（1）□執往，不雨。 （2）……不雨。
合集	27783		（2）王其省，涉滴，亡災。不雨。
合集	27785		貞：叀□省，湄〔日〕不雨。
合集	27907		（3）不雨。 （4）其雨。
合集	27919 反		（2）乙未卜，王往田，不雨。
合集	27948		（1）庚午卜，貞：翌日辛王其田，馬其先，𢀛，不雨。
合集	27950		（1）貞：𢀛，不雨。 （2）貞：馬弜先，其遘雨。
合集	28050		（1）翌日辛……喪……戍，不雨。
合集	28131（《合補》9437）+28825【《甲拼三》717】		（3）……乙王……不雨。
合集	28145		……出于……行單，不雨。
合集	28316		（4）不雨。
合集	28346		（2）乙王其田，湄日不雨。
合集	28494		（2）王其田，湄日亡𢦏，不雨。大吉
合集	28519		翌日乙王其田，湄日亡〔𢦏〕，不雨。
合集	28520		（1）弜省，其雨。 （2）今日王其田，湄日不雨。 （3）其雨。 （4）□雨。
合集	28521		王其田，湄日不雨。

合集	28522		（1）翌日乙王其田，湄日不〔雨〕。
合集	28523		（1）〔王其〕田，湄日不雨。吉
合集	28544		（2）王其田，不雨。 （3）其冓大雨。
合集	28549		（2）乙王其田，不雨。 （3）其雨。
合集	28550		戊子卜，貞：王其田，不雨。吉
合集	28551		（1）辛王其田，不雨。 （2）……王其田，□雨。
合集	28552		（1）王其田，不雨。吉 （2）其雨。
合集	28569		（1）王其田𢦏，湄日不〔雨〕。吉 （2）中日往□，不雨。吉　大吉
合集	28571		王其田𢦏，入不雨。
合集	28572		（2）王其田𢦏，入不雨。 （3）夕入不雨。吉
合集	28608		（2）于壬王廼田，湄日亡𢦔。不雨。
合集	28615+29965【《綴續》463】		（2）王于壬廼田，湄日不雨。 （3）其雨。
合集	28616		……廼田，湄日不〔雨〕。吉
合集	28617		（1）壬王廼田，不雨。
合集	28618		（2）于壬王廼田，不雨。 （3）壬弜田，其雨。吉 （5）壬不雨。

合集	28619+28563【《綴續》453】		（2）辛不雨。
合集	28625+29907+30137【《甲拼》172】	（1）「田」字缺刻橫劃。	（1）王其省田，不冓大雨。 （2）不冓小雨。 （3）其冓大雨。 （4）其冓小雨。 （5）今日庚湄日至昏不雨。 （6）今日其雨。
合集	28628		（1）方烄，叀庚酌，又大雨。大吉 （2）叀辛酌，又大雨。吉 （3）翌日辛，王其省田，𢦏入，不雨。茲用　吉 （4）夕入，不雨。 （5）□日，入省田，湄日不雨。
合集	28647		貞：王叀田省，湄〔日〕不雨。
合集	28651		（2）乙不雨。 （3）其雨。吉
合集	28664		（1）貞：王兌〔田〕，亡災，不雨。
合集	28667		（2）王田，夕入不雨。
合集	28668		（2）王叀辛田，不雨。 （3）辛其雨。 （4）……王……田……雨。
合集	28680		（1）于壬王田，湄日不〔雨〕。 （2）壬王弜田，其每，其冓大雨。

合集	28722		（1）不雨。 （2）田，湄〔日亡〕雨。
合集	28754		（2）不雨。 （3）其雨。
合集	28757		（2）不雨。 （3）其雨。
合集	28767		（3）癸卯卜，今日不雨。 （4）其雨。
合集	28776		（1）王□田□，不〔雨〕。 （2）王其戰，不雨。 （3）丁巳卜，今夕不雨。
合集	28787		（2）□戰，不雨。
合集	28858		（2）不雨。 （3）□雨。
合集	28859+29064+《合補》9409【《甲拼三》677】		（6）不雨。 （7）其雨。
合集	28907		（1）不〔雨〕。 （2）其雨。
合集	28917		（2）不雨。 （3）其雨。
合集	28919+28945【《合補》9009】		（1）其遘大雨。 （7）不雨。

合集	28957		（1）戊午卜，不雨。 （2）其雨。
合集	28958		（1）不雨。 （2）其雨。
合集	28962		（3）不雨。 （4）其雨。
合集	28965		（4）不雨。吉 （5）其雨。
合集	28979		王叀喪田省，亡災。不雨。
合集	28985		（3）辛王省田，湄日不雨。
合集	28993		（2）弜省宮田，其雨。 （3）叀喪田省，不雨。 （4）弜省喪田，其雨。 （5）……王其□虞田□，入，亡〔𢦏〕，不冓大雨。
合集	29003		（2）弜省喪田，其雨。 （3）……王其省田……埶，入，不雨。
合集	29009		（3）不雨。 （4）其雨。
合集	29028		（2）不雨。 （3）其雨。
合集	29063		（3）不雨。
合集	29093		（1）今日辛王其田，湄日亡災，不雨。 （2）貞：王其省盂田，湄日不雨。 （3）……田省……災，不〔雨〕。

合集	29107		（2）翌日戊雨。吉 （3）不雨。大吉
合集	29115		（1）不雨。 （2）其雨。
合集	29120		（3）不雨。引吉　吉
合集	29130		（3）不雨。 （4）其雨。
合集	29134		（1）甲寅卜，翌日乙王其……茲用。不雨。
合集	29146		（2）不雨。吉 （3）其雨。吉
合集	29172		（1）翌日戊王其〔田〕，湄日不雨。 （2）叀宮田省，湄日亡災，不雨。
合集	29176		（2）王其省田，不雨。 （3）其雨。
合集	29177		（1）壬王其〔省〕宮田，不雨。 （2）弜省宮田，其雨。吉 （4）……〔喪〕，其雨。
合集	29177+27809【《甲拼三》631】		（1）壬王其〔省〕宮田，不雨。 （2）弜省宮田，其雨。吉 （4）王至喪，其雨。吉
合集	29179		（2）宮田，不雨。
合集	29197		（2）不雨。

合集	29200		（2）不雨。 （3）其雨。
合集	29201		（3）不雨。 （4）其雨。
合集	29202		（3）不雨。
合集	29205		（2）不雨。吉 （3）其雨。
合集	29206		（2）不雨。引吉 （3）其雨。吉
合集	29208		（3）不雨。
合集	29250		（3）乙不雨。
合集	29263		（1）貞：翌日〔王〕其田穽，湄日不雨。
合集	29272（《合集》29781）		（2）旦至于昏不雨。大吉
合集	29278		（1）辛亥卜，王叀壬田盥，不雨。吉 （2）……其雨。
合集	29300		（2）王叀田省，〔亡〕𢦏，不雨。 （3）王獸，亡𢦏，不雨。 （4）叀𤞷田，亡𢦏，不雨。 （5）叀虞田，亡𢦏，不雨。
合集	29308（《旅順》1827）	填墨	（2）叀戊省夔田，亡𢦏，不雨。〔註2〕
合集	29324		（2）丁亥卜，狄，貞：其田（瞖？）叀辛，湄日亡災，不雨。

〔註 2〕《合集》釋文的「戊」誤釋為「凡」，今據《旅順》1827 補正。

合集	29326		叀（賢？）〔田〕,〔湄〕日亡災，不〔雨〕。
合集	29327		（2）翌日戊王其田，湄日不雨。 （3）弜田，其雨。
合集	29329		（1）辛弜田（賢？），其雨。 （2）……不雨。
合集	29404		（2）其雨。 （3）不雨。
合集	29437		（1）□酉卜，□,〔貞〕……室……夕不雨。
合集	29685		（1）今日乙〔王〕其田，湄〔日〕不雨。大吉 （2）其雨。吉 （3）翌日戊王其省宔，又工，湄日不雨。吉 （4）其雨。吉 （5）今夕不雨。吉 （6）今夕其雨。吉 （7）□日丁□雨。
合集	29765		（2）不雨。 （3）其雨。
合集	29776		（1）旦不〔雨〕。 （2）食不雨。
合集	29779		（1）旦不雨。 （2）其雨。
合集	29780		于旦王廼……每，不雨。

合集	29784		（1）□至食日不〔雨〕。 （3）……雨。
合集	29785		（1）食日不雨。
合集	29787+29799【《合補》9553】		（1）翌日壬王其田，雨。 （2）不雨。 （3）中日雨。 （4）章兮雨。
合集	29788		（1）𦎫，于日中廼往，不雨。 （2）……〔雨〕。
合集	29793		（1）中〔日至〕昃其〔雨〕。 （2）昃至章不雨。 （3）章雨。
合集	29794		章兮至昏不雨。
合集	29795		（1）章兮至昏不雨。 （2）〔章〕兮至昏其雨。
合集	29796		章兮不雨。
合集	29801		（1）昃〔至章〕兮其〔雨〕。 （2）章兮至昏不雨。吉 （3）章兮至昏其雨。
合集	29803		……日戊。今日湄至昏不雨。
合集	29816+30583【《合補》9384】		（1）雨。 （2）不雨。吉　茲用

合集	29820		（1）不雨。 （2）……雨。
合集	29821		（1）〔癸〕不雨。 （2）……雨。
合集	29822		□□卜，□，〔貞〕……不雨。
合集	29823		不雨。
合集	29824		貞：不雨。
合集	29825		（1）……雨。 （2）貞：不雨。
合集	29826		……今告凡，不雨。大吉
合集	29828		貞：不雨。
合集	29829		（1）不雨。吉
合集	29830		不雨。吉
合集	29831		不雨。
合集	29832		貞：不雨。
合集	29833		（1）不雨。
合集	29834		（1）不雨。 （2）〔雨〕。
合集	29835		（1）不雨。
合集	29836		不雨。
合集	29838		不雨。大吉
合集	29839		（2）不雨。

合集	29840		貞：叀罒不雨。
合集	29843		（1）不雨。 （2）其雨。 （3）不雨。兹用 （4）不雨。 （5）其雨。
合集	29845		（1）不雨。 （2）其雨。
合集	29847		（1）不雨。 （2）其雨。
合集	29848		（1）不雨。 （2）其雨。
合集	29849		（1）不雨。 （2）其雨。
合集	29850		（1）戊午不〔雨〕。 （2）戊午其雨。 （3）……雨。
合集	29851		（1）其雨。 （2）不雨。吉　兹用　吉
合集	29852		（2）不雨。 （3）其雨。
合集	29853		（1）不雨。 （2）其雨。

合集	29854		（2）不雨。引吉 （3）其雨。吉
合集	29855		（1）不雨。 （2）其雨。
合集	29857+《村中南》14【《甲拼三》739】		（2）不雨。茲用。不雨。吉 （3）其雨。吉 （6）不雨。 （7）其雨。吉
合集	29860		（2）不雨。 （3）其雨。
合集	29862		（1）不雨。 （2）其雨。
合集	29865		（1）……万……奏，〔湄〕不雨。 （2）其雨。
合集	29873		（1）乙不雨。 （2）其雨。吉　茲用
合集	29874		（1）其雨。 （2）丁卯卜，亥不雨。 （3）其雨。
合集	29875		丁不雨。
合集	29878+29877【《合補》9442】		（1）戊雨。 （2）戊不雨。吉

合集	29879		（1）戊其雨。 （2）〔戊〕不雨。
合集	29880		（2）戊不雨。 （3）其雨。 （4）己不雨。 （5）其雨。 （6）庚不雨。
合集	29883		（1）己雨。 （2）不雨。
合集	29884		（1）己不〔雨〕。 （2）其雨。
合集	29885		（1）己不雨。 （2）己其雨。 （3）庚不雨。 （4）〔庚〕不雨。
合集	29888		辛不雨。
合集	29889		（2）辛不雨。
合集	29890		（1）辛不雨。 （2）其雨。
合集	29891		（1）其雨。 （2）今日辛不雨。
合集	29892		（1）翌日辛〔亥〕其雨。吉 （2）不〔雨〕。吉　大吉

合集	29895		（1）其雨。 （2）壬不雨。
合集	29896（《合補》9415）		（2）其雨。 （3）壬不雨。 （4）其雨。
合集	29897		（1）壬不雨。
合集	29898		（1）壬不〔雨〕。 （2）癸雨。大吉　吉　吉　吉
合集	29905		（1）〔貞〕：今日雨。 （2）貞：□□不〔雨〕。
合集	29908		（2）壬寅卜，雨。癸日雨，亡風…… （3）不雨。〔癸〕…… （5）乙亥卜，今秋多雨。 （7）多雨。 （8）丙午卜，日雨。 （9）……不雨。
合集	29910		（1）中日其雨。 （2）王其省田，昃不雨。 （3）昃其雨。吉
合集	29913		（2）今日癸其雨。 （3）翌日甲不雨。 （4）甲其雨。 （5）兹小雨。吉

合集	29915		貞：今壬不雨。
合集	29923		癸亥卜，今日不雨。
合集	29924+《天理》116【《契》166】		（1）食□其雨。 （2）中日不雨。 （3）中日□雨。
合集	29925		（1）辛酉卜，今日〔不雨〕。 （2）……〔不〕雨。
合集	29926		（2）貞：今不雨。
合集	29935		（1）貞：今夕不雨。
合集	29939		（1）□□〔卜〕，何，貞：今夕不雨。
合集	29940		（1）今夕不雨。
合集	29941		（1）今夕不雨。 （2）今夕其雨。 （3）……不雨。
合集	29942		（1）□□〔卜〕，何，貞：今夕不〔雨〕。 （1）□□〔卜〕，〔何〕，貞：今夕不雨。
合集	29945		（1）貞：今夕雨。 （2）不雨。
合集	29946（《中科院》1135）		（1）貞：今夕不雨。 （2）〔貞〕：今夕……雨。
合集	29947		（1）今夕不雨。
合集	29948		貞：今夕不雨。
合集	29949		（2）……夕不雨。

合集	29952		（1）今夕不雨。 （2）……雨。
合集	29953		（1）今夕不雨。 （2）……〔雨〕。
合集	29959		庚申卜，口，貞：今夕不雨。
合集	29962		翌日辛不雨。
合集	29964		（1）翌日辛雨。 （2）不雨。 （3）壬雨。
合集	29972		（2）癸卯卜，至丁未不雨。 （3）至丁未其雨。
合集	29973	「己」字缺刻	己卯卜，狄，貞：不雨。
合集	29974		（1）□戌卜，不雨。
合集	29975		（1）丁亥不雨。 （2）其雨。吉
合集	30040		（1）不雨。 （2）其雨。 （3）叀翌日戊又大雨。 （4）叀辛又大雨。
合集	30050		（1）自乙至丁又大雨。 （2）乙夕雨。大吉 （3）丁亡其大雨。 （4）今夕雨。吉 （5）今夕不雨，入。吉

合集	30094+30113【《合補》9535】		（1）莫往，不冓雨。 （2）王其𢦏，不冓雨。 （3）王夕入，于之不雨。
合集	30120		（1）不冓雨。至辛不雨。
合集	30125		（1）不〔冓〕雨。 （2）不〔雨〕。吉　茲用
合集	30142+28919【《甲拼三》685】		（1）庚午卜，翌日辛亥其乍，不遘大雨。吉 （2）其遘大雨。 （8）不雨。
合集	30150		（1）湄日不雨。 （2）其雨。 （3）小雨。
合集	30154		……壬王迺……𩁹，湄日不雨。
合集	30155	（1）「不」字倒刻	（1）今日眉日不雨。 （2）其雨。
合集	30156		（1）壬不雨。𢆶，不雨，于癸迺雨。
合集	30203		（1）今日乙𩐁攺，不雨。 （2）于翌日丙攺，不雨。 （3）不攺，不雨。
合集	30204		（1）其雨。大吉　茲用 （4）壬啓，不雨。吉
合集	30205		（1）翌日戊啓，不〔雨〕。 （2）不啓，其雨。

合集	30212		（2）戊不〔雨〕，征大啓。
合集	30214（部份重見《合集》41612、《合補》9449）		（2）庚小雨。吉 （4）辛不雨。
合集	30217		不雨，攺。
合集	30271		（1）于盂僼，不雨。 （2）乙不雨。 （3）茲不雨。
合集	30293		（2）丁不雨。
合集	30299		乙卯卜，不雨。戠宗賁率……吉
合集	30439		（17）貞：辛不雨。
合集	30565		□□〔卜〕，宁，〔貞〕……翌日不雨。
合集	30658		（2）□申卜，今日亥不雨。
合集	30732		（3）〔不〕雨。
合集	30922		（1）貞：夕祶，其遘雨。 （2）〔不〕雨。
合集	30950		（1）丁丑卜，其饎，不雨。吉 （2）叀癸未雨。
合集	31012+30658【《甲拼三》632】		（2）甲（？）申卜，今日万，不雨。 （3）其雨。
合集	31036		（1）乙弜鬻戚，其雨。 （2）于丁亥桒戚，不雨。 （3）丁弜桒戚，其〔雨〕。
合集	31098		（1）□□卜，何，貞……衣，不雨。

合集	31544		（2）……夕不雨。
合集	31547+31548+31582【《合補》9563】		（5）貞：今夕攸，不雨。 （6）貞：今夕其不攸。雨。 （11）貞：今夕攸，不雨。 （12）〔貞〕：今夕〔不〕其攸，不雨。 （17）貞：今夕不雨。 （18）……雨。 （22）貞：今夕其雨。 （23）貞：今夕不其雨。 （24）貞：今夕取岳，雨。 （25）貞：今夕其雨。 （27）貞：今夕其雨。 （28）……夕……雨。
合集	31561		（2）貞：今夕不雨。
合集	31567		（2）貞：今夕不雨。
合集	31590		（2）貞：今夕雨。 （3）貞：今夕〔不〕雨。
合集	31687		（3）戌不雨。引吉
合集	31694		不雨。大吉　茲用
合集	31758		不雨。卯　吉
合集	32140		（1）□亥，〔貞〕：歲上甲，不雨。
合集	32171		（4）己亥卜，不雨，庚子夕雨。 （5）己亥卜，其雨。庚子允夕雨。

			（6）癸卯卜，不雨。甲辰允不雨。 （7）癸卯卜，〔其〕雨……
合集	32180		（2）不〔雨〕。
合集	32290		（1）壬辰卜，烄𡵂，雨。 （2）壬辰卜，烄𡧊，雨。 （4）不雨。
合集	32296（《合補》9555）		（4）不雨。
合集	32376		（3）不雨。
合集	32396+34106【《綴彙》1】		（1）又歲于□壬，不雨。 （2）其雨。 （3）不雨。
合集	32461 正	此片應為反	（1）戊申卜，今日雨。 （2）不雨。 （3）丁雨。 （4）戊雨。 （5）己雨。 （6）庚雨。
合集	32465		（2）〔不雨〕。
合集	32586 反+34314【《醉》236】		（1）不雨。
合集	32718		（5）不雨。
合集	32762 甲正+34680+32762 乙正+33291 部份【《甲拼》218】		（4）不雨。 （5）不雨。 （7）不雨。 （8）不雨。

合集	32783		（1）不雨。
合集	32957（《中科院》1548）		（3）□酉入，〔己〕亥不雨。
合集	32983		（3）不雨。吉 （4）……雨。
合集	33056 反+33053+《英藏》397【《綴續》518】		（3）其〔雨〕。 （4）不雨。
合集	33161+33789【《甲拼》215】		（2）戊申貞：王往宮，不雨。 （3）其雨。 （4）不雨。 （5）〔其〕雨。
合集	33233 反		（1）丙申，貞：不雨。
合集	33235		（3）癸卯卜，甲雨。 （4）不雨。
合集	33273+41660（《英藏》2443）【《合補》10639】		（1）不雨。 （6）戊辰卜，及今夕雨。 （7）弗及今夕雨。 （15）庚午，奠于岳又从才雨。 （11）奠于岳亡从才雨。 （20）隹其雨。 （21）今日雨。
合集	33274		（5）癸未卜，甲雨。 （6）不雨。 （7）乙酉卜，丁雨。 （8）不雨。

合集	33291部份+32762乙正(部份重見《合集》34217)【《綴續》544】		(1)己亥卜，不〔雨〕。 (2)不雨。 (3)不雨。 (5)丁未卜，及夕雨。 (8)辛亥卜，壬雨，至癸。 (9)甲寅，乙雨。 (10)不雨。 (11)乙卯，丙雨。 (12)不雨。 (13)辛酉卜，取岳，雨。 (14)雨。 (15)辛酉卜，隹姫壱雨。 (16)癸酉卜，乙雨。 (17)癸酉，雨。
合集	33308		(2)丙辰卜，丁巳又歲于大丁，不雨。 (3)其雨。茲雨。
合集	33327		(3)〔不雨〕。
合集	33339		(1)不雨。
合集	33356+34490【《合補》10608】		(1)壬子……水……至。 (2)壬子卜，亡水。 (3)癸丑卜，甲雨，不雨。 (5)□□卜……雨。
合集	33381		(4)庚午卜，辛不雨。

合集	33409		（1）乙丑……王往……不雨。 （2）其雨。
合集	33410		（1）乙巳卜，〔叀〕今日不雨。 （3）茲雨。 （4）不雨。 （5）茲雨。 （6）不雨。
合集	33412		（1）乙卯卜，王往田，不雨。
合集	33414		（1）其雨。 （2）丁未，貞：王往田，不雨。 （3）其雨。 （4）其雨。 （5）辛亥，貞：王往田，不雨。 （6）其雨。
合集	33417		（2）不雨。 （4）不雨。 （5）其雨。 （7）不〔雨〕。
合集	33420		（2）戊辰卜，王往〔田〕，不雨。 （3）……〔往〕田，不〔雨〕。
合集	33426		（2）〔不雨〕。
合集	33427		（2）□未卜，〔王〕往田，〔不雨〕。

合集	33433+33869【《合補》10598】		（1）不〔其〕雨。 （2）乙丑，貞：今日乙不雨。 （3）其雨。 （4）不雨。
合集	33438		……往田，不雨。
合集	33462+《合補》10578【《甲拼》214】		（1）其雨。 （2）戊戌貞：王其田，不雨。 （3）其雨。
合集	33511		（1）翌日戊不雨。 （2）其雨。 （4）……日雨。
合集	33514		（3）王其田，湄日不雨。 （4）其雨。 （5）雨。
合集	33514+33528+27772【《甲拼三》634】		（4）王其田，湄日不雨。 （5）其雨。 （6）王其□入，不雨。 （7）柲入，不雨。
合集	33747 正		（1）己巳卜，雨。允雨。 （2）己巳卜，辛雨。 （3）己巳卜，壬雨。 （4）己巳卜，癸雨。 （5）己巳卜，庚雨。 （6）庚不雨。用

			（7）己巳卜，辛雨。 （8）丙子卜，丁雨。 （9）丙子卜，丁不雨。 （10）丙子卜，戊雨。 （11）丙子卜，賣[illegible]，雨。 （12）丙子卜，㚇[illegible]，雨。 （13）丙子卜，弜㚇，雨。 （14）丙子卜，㚇目，雨。 （15）丙子卜，丁雨。 （16）戊寅卜，雨。 （17）戊寅卜，己雨。允。 （18）庚辰卜，雨。 （19）庚辰卜，辛雨。 （20）庚辰卜，壬雨。 （25）甲申卜，丙雨。 （26）甲申卜，丁雨。 （27）乙酉卜，丙戌雨。 （28）丁亥卜，戊雨。允雨。 （30）己丑卜，㚇，庚雨。
合集	33747 反		（1）戊辰雨。 （2）戊辰不雨。 （5）二日今雨。
合集	33750		（1）乙巳其雨。 （2）不雨。

			（3）丙雨。 （4）□雨。
合集	33751		（1）癸未卜，其雨。 （2）不雨。 （3）□雨。
合集	33764		（2）其雨。 （3）不〔雨〕。
合集	33767		（1）辛□，貞……不〔雨〕。 （2）其雨。
合集	33769		（1）〔不〕雨。 （2）其雨。
合集	33783		（2）甲子卜，丁卯不雨。 （3）……〔雨〕。
合集	33784		（2）乙丑卜，不雨。
合集	33785		（1）甲……乙……雨。 （2）甲戌卜，不雨。 （3）癸未卜，丁亥雨。幺不雨。 （4）□未卜……〔雨〕。
合集	33786		辛未卜，乙亥不雨。
合集	33787		（1）不雨。 （3）不雨。 （4）乙酉卜，不雨。 （5）其雨。 （6）不雨。

合集	33788		（1）丙戌〔卜〕，丁亥不雨。 （2）其雨。 （3）丙戌卜，叀大雨。用。
合集	33790		乙未卜，不雨。
合集	33791		乙未不雨。
合集	33792		乙巳卜，不雨。
合集	33793		（1）丁巳〔卜〕，不雨。 （2）其雨。
合集	33794		（2）不雨。
合集	33795+《歷博》136【《綴續》504】		（3）不雨。 （5）其雨。 （6）不雨。
合集	33796		（2）不雨。 （3）其雨。
合集	33796+33434+34344【《醉》379】		（5）不雨。 （6）其雨。
合集	33797		（2）辛卯雨。 （3）不雨。 （4）不雨。
合集	33798		（1）其雨。 （2）不雨。 （3）其雨。

合集	33799		（1）其雨。 （2）不雨。 （3）其雨。
合集	33800		（1）不雨。 （2）其雨。
合集	33801		（1）不雨。 （2）其雨。
合集	33802		（1）不雨。 （2）其雨。
合集	33803		（1）貞：不〔雨〕。 （2）其雨。 （3）貞：不雨。
合集	33804		（1）其雨。 （2）不雨。
合集	33805		（1）不雨。 （2）其雨。
合集	33807		（1）其雨。 （2）不雨。 （3）其雨。 （4）不雨。 （5）其雨。 （6）不雨。 （7）□雨。

合集	33808		（1）不雨。 （2）其雨。
合集	33808+33656【《甲拼》216】		（4）不雨。 （5）其雨。
合集	33809		（1）不雨。 （2）其雨。 （3）不雨。 （4）其雨。 （5）不雨。 （6）其雨。
合集	33810		（1）其雨。 （2）不雨。
合集	33811		（1）其雨。 （2）丁丑，貞：雨。 （3）不雨。
合集	33813		（2）不雨。
合集	33814（《合補》10589）		（1）不雨。
合集	33815		（2）不雨。
合集	33816		（4）不雨。 （5）□雨。
合集	33817		（1）不雨。
合集	33818		乙不雨。
合集	33819		不雨。

合集	33820		（2）不雨。 （3）□雨。
合集	33821		辛不雨。
合集	33822		（1）不雨。 （2）不雨。 （3）□雨。
合集	33823（部份重見《合集》33838）		（1）〔丁〕酉卜，戊戌雨。允雨。 （2）丁酉卜，戊戌雨。允雨。 （3）〔丁〕酉卜，己亥雨。 （4）丁酉卜，辛〔丑〕至癸卯〔雨〕。 （5）丁酉……庚子雨。 （6）辛丑卜，不征雨。 （7）癸卯卜，己巳雨。允雨。 （8）癸丑卜，己卯雨。 （9）及今夕雨。 （10）不雨。 （11）允不雨。
合集	33824		（1）翌日雨。 （2）不雨。
合集	33826		（1）甲□雨。 （2）辛酉卜，乙不雨。
合集	33832		（1）辛巳卜，不雨至壬。
合集	33835		（1）乙未卜，其雨，乙巳。 （2）乙巳不雨。

			（3）丁酉〔卜〕，乙巳其雨。 （4）丁酉卜，己亥其雨。 （5）丁酉卜，己〔亥其雨〕。
合集	33837		（2）乙巳卜，不雨。
合集	33839		（1）乙卯卜，雨。 （2）不雨。 （3）丁巳卜，雨。 （4）不雨。 （5）□〔未〕卜，雨。
合集	33840		（2）癸亥卜，不雨。 （3）癸亥卜，又雨，今□。
合集	33841		（2）甲子卜，乙雨。 （3）不雨。
合集	33843		（1）甲申卜，乙雨。乙不雨。 （2）甲申卜，丙雨。丙不雨。 （3）甲申卜，丁雨。〔丁不雨〕。
合集	33844+33954【《甲拼》196】		（1）甲子卜，乙丑雨。 （2）壬戌卜，癸亥奏舞雨。 （3）壬申卜，癸酉雨。茲用。 （4）庚申雨。 （5）不雨。 （6）癸未卜，今日雨至□。 （7）丙戌卜，丁雨。

合集	33845		（1）丙戌〔卜〕，丁雨。 （2）丙子卜，己雨。 （3）不雨。 （5）不雨。 （6）其雨。 （7）不雨。
合集	33852		（1）乙卯卜，丁不雨。 （2）□卯卜，□雨。
合集	33854		（1）不雨。 （2）辛酉卜，丁雨。
合集	33856		（1）乙不〔雨〕。 （2）不雨。
合集	33860		（1）乙雨。 （2）不雨。 （3）不雨。 （4）丁雨。
合集	33861		（1）□〔雨〕。 （2）丁不雨。 （3）其雨。
合集	33864		（2）庚其雨。 （3）□寅王往，不雨。
合集	33867		（2）甲辰，貞：大甲日不雨。 （3）其雨。

合集	33869+33433【《合補》10598】		（1）不雨。 （2）乙丑，貞：今日乙不雨。 （3）其雨。
合集	33870		（1）乙亥〔卜〕，今日乙雨。 （2）不雨。
合集	33872		（1）乙亥〔卜〕，今日雨。 （2）不雨。
合集	33874		（1）甲□〔卜〕，丙□不〔雨〕。 （2）甲戌卜，丁丑雨。允雨。 （3）己卯卜，庚辰雨。允雨。 （4）庚辰卜，今日雨。允雨。 （5）□辰卜，□巳〔雨〕。不〔雨〕。
合集	33875		乙酉卜，今日雨。不雨。
合集	33876（《合集》34714）		（1）乙卯卜，今日乙雨。 （2）不雨。 （4）……雨……
合集	33877		（1）辛卯，貞：今日辛不雨。 （2）……雨。
合集	33878		辛卯，貞：今日不〔雨〕。
合集	33879+《綴新・附圖》53【《合補》10607】		（1）癸巳卜，今日至乙未。 （2）己亥卜，〔庚〕子至壬寅雨。 （3）不雨。 （4）丁……雨。

			（5）庚子卜，壬寅雨。 （6）甲辰雨。 （8）丙子卜，雨于……
合集	33884		（1）戊戌，〔貞〕：今日戊大〔雨〕。 （2）不雨。
合集	33889		（1）不雨。 （2）其雨。 （3）壬子卜，今日雨。不雨。
合集	33890（《中科院》1549）		（1）□□，貞：不其〔雨〕。 （2）乙卯〔卜〕，貞：今日雨。二月。 （3）……〔不〕雨。〔註3〕
合集	33892		（1）不雨。 （2）丙辰卜，今日雨。 （3）戊午卜，征雨。
合集	33893		壬子卜，今日不雨。
合集	33898		（1）〔戊〕子卜，今日戊雨。 （2）不雨。
合集	33900		……今日甲不雨。
合集	33901		（1）辛□〔卜〕，□□□雨。 （2）其雨。 （3）不雨。 （4）〔辛〕卯卜，今日雨。

〔註3〕（3）辭「雨」左側，舊識為「未」，據《中科院》照片，應為「不」之殘筆，今正。

合集	33907		（1）甲……今日雨。 （2）不雨。
合集	33909		（1）……今日不雨。 （2）今日不雨。 （3）其雨。茲不雨。 （4）……〔不雨〕。
合集	33910		乙卯卜，今夕不雨。
合集	33911		（1）貞：今夕不雨。 （2）貞：今夕其雨。
合集	33914		（1）□夕其雨。允雨。 （2）□夕不〔雨〕。
合集	33925+27915【《合補》9048】		（1）王其匕……不雨。 （2）弜匕，冓雨。
合集	33955		（1）癸亥卜，舞，雨。 （2）不雨。
合集	33986		（3）于已酉征雨。幺用 （4）乙未〔卜〕，歲祖□三十牢□。茲用。羞田歲衩，雨。不征雨。 （10）乙未卜，律衩，不雨。 （11）其雨。
合集	33988		（2）不雨。
合集	33998		（1）丁〔巳〕卜，雨。 （2）不雨。

			（3）辛酉卜，雨。 （4）不雨。
合集	34004		（2）不雨。
合集	34040（《中科院》1546）		（1）壬午卜，癸……允雨，風。〔註4〕 （2）不雨。
合集	34164+34473【《甲拼續》335】		（3）乙亥〔卜〕，貞：今日〔其雨〕。 （4）不雨。
合集	34199		（1）丙寅卜，其賁于岳，雨。 （2）不雨。 （3）……山，雨。
合集	34229		（6）甲申卜，雨。 （11）丙戌卜，丁亥雨。 （12）不雨。 （13）丙戌卜，戊雨。 （14）丙戌卜，及夕雨。 （15）及夕雨。 （20）丁亥雨。 （21）戊子雨。 （22）庚寅雨。
合集	34248+《續存》4.23+《蘇德美》《日》20【《合補》10638、《綴集》11】		（1）丙午卜，丁未又歲，不雨。 （2）其雨。

〔註4〕（1）辭「午」字，《合集》釋為「寅」，據《中科院》照片補正。

合集	34483		（2）戊戌卜，烄，雨。 （3）不雨。 （4）于舟烄，雨。 （5）于丮烄，雨。
合集	34491		（1）不雨。
合集	34516		（3）甲午不雨。
合集	34523		（2）……〔不雨〕。
合集	34526		乙卯卜，來丁卯彡品，不雨。
合集	34538+34522【《合補》10655、《綴彙》8】		（4）不雨。茲用
合集	34682		（2）不雨。
合集	36618		戊辰卜，才𡆥，今日不雨。
合集	37647		（1）乙丑〔卜〕，貞：今〔日王田〕□，不雨。〔茲〕卬。 （2）其雨。 （3）戊辰卜，貞：今日王田𦎫，不遘雨。 （4）其遘雨。 （5）壬申卜，貞：今日不雨。
合集	37669+38156【《綴續》431】		（1）戊戌〔卜〕，〔貞〕：不遘〔雨〕。 （2）其遘雨。 （3）壬午卜，貞：今日王田𡆥，湄日不遘〔雨〕。 （4）其遘雨。 （5）乙巳卜，貞：今日不雨。
合集	37685		□□卜，貞：王田，叀……不雨。

合集	37786		（1）乙未卜，貞：今日不雨。茲卬。 （2）其雨。 （3）□戌卜，貞：今日〔王〕其田㴱，不遘雨。
合集	33951		……彡桒，不雨。
合集	33986		（3）于已酉征雨。幺用 （4）乙未〔卜〕，歲祖□三十牢□。茲用。羞田歲祼，雨。不征雨。 （10）乙未卜，祼祼，不雨。 （11）其雨。
合集	38116+38147【《綴續》432】		（1）其雨。茲卬。 （2）翌日戊不雨。茲卬。 （3）其雨。 （4）乙卯卜，貞：今日不雨。 （5）其雨。 （6）今日不雨。 （7）其雨。
合集	38117+38124+38192【《合補》11643】		（2）戊辰卜，貞：今日不雨，妹霎。 （3）其雨。 （4）辛未卜，貞：今日不雨。妹霎。 （5）其雨。 （6）壬午卜，貞：今日不雨。茲卬。 （7）其雨。
合集	38118		（1）其雨。 （2）丁卯卜，貞：今日不雨。 （3）……雨。

合集	38119		（1）戊辰卜，〔貞〕：今日不〔雨〕。 （2）其雨。茲ㄓ。 （3）□□卜，貞：〔今日〕不雨。
合集	38120		（1）戊辰卜，〔貞〕：今日不〔雨〕。 （2）其遘雨。 （3）壬申卜，貞：今日不雨。 （4）……雨。
合集	38121		（1）戊辰卜，〔貞〕：今日不雨。 （2）其雨。
合集	38122		（1）乙亥卜，貞：今日不雨。 （2）其雨。
合集	38123		（1）己卯卜，貞：今夕不雨。 （2）其雨。
合集	38124+38117+38192【《合補》11643】		（1）其雨。 （2）壬午卜，貞：今日不雨。茲ㄓ。 （3）其雨。
合集	38125		壬午卜，貞：今日不雨。
合集	38126		（1）乙酉卜，貞：今日不雨。 （2）其雨。 （3）乙未卜，貞：今日不雨。 （4）其雨。
合集	38127+《京》04989【《綴續》503】		（1）乙酉……今日〔不雨〕。 （2）其雨。

			（3）丁亥卜，貞：今日不雨。 （4）其雨。 （5）……卜，貞：□日不雨。
合集	38128		（1）乙酉〔卜〕，〔貞〕：今□〔不雨〕。 （2）不雨。 （3）□亥卜，貞：〔今〕日雨。
合集	38129		（1）庚寅卜，貞：今日不雨。 （2）其雨。
合集	38130		（1）戊子卜，〔貞〕：今日不雨。茲卬。 （2）其雨。
合集	38131		壬辰卜，貞：今日不〔雨〕。
合集	38132		（1）丁酉〔卜〕，〔貞〕：今日不〔雨〕。茲卬。 （2）其雨。
合集	38133		（1）乙卯卜，貞：今日不雨。 （2）其雨。 （3）戊午卜，貞：今日不雨。茲卬。 （4）其雨。
合集	38134		（1）其雨。 （2）今日不雨。 （3）其雨。 （4）戊戌卜，貞：今日不雨。 （5）其雨。
合集	38135		（1）戊午卜，貞：翌日戊湄日不雨。 （2）其雨。

合集	38136		（1）戊午卜，〔貞：今日〕不雨。茲〔卯〕。 （2）其雨。 （3）□□〔卜〕，貞……雨。
合集	38137		（1）妹雨。 （2）辛酉卜，貞：今日不雨。 （3）其雨。
合集	38139（《合集》41872）		（1）辛□〔卜〕，貞：〔今〕□不〔雨〕。 （2）其雨。 （3）□□〔卜〕，貞：〔今〕……雨。
合集	38140		（1）戊戌〔卜〕，貞：今〔日不雨〕。 （2）其雨。 （3）□□〔卜〕，才□，〔貞：今〕日不〔雨〕。〔茲〕卯。
合集	38141（《合補》11653）		（1）戊戌卜，貞：今日不〔雨〕。 （2）……雨。茲〔卯〕。
合集	38143		（1）辛卯〔卜〕，〔貞〕：今日〔不雨〕。 （2）其雨。
合集	38144	「戌」誤為「戊」。	戊戌，今日不雨。
合集	38145		丁未卜，貞：今夕不雨。
合集	38146		（1）壬戌卜，〔貞〕：今日不〔雨〕。 （2）其雨。
合集	38147+38116【《綴續》432】		（1）今日不〔雨〕。 （2）其雨。

合集	38148+《合補》11651 【《綴續》519】		（1）不雨。茲卬。 （2）壬午卜，貞：今日雨。 （3）□雨。茲卬。
合集	38149		（1）其雨。 （2）□□卜，貞……日，今不雨。 （3）……不雨。
合集	38150		（2）不雨。 （3）□巳卜，貞……雨。
合集	38151		□□〔卜〕，〔貞〕……兌……不雨。
合集	38152		□□〔卜〕，貞：今日既叙日，王其蒿……雨，不雨。[illegible]。
合集	38153		□酉卜，貞：〔今〕□不雨。
合集	38154		（2）不雨。
合集	37669+38156【《綴續》431】		（1）戊戌卜，貞：今日王……不遘雨。 （2）其遘雨。 （4）其遘雨。 （5）乙巳卜，貞：今日不雨。
合集	38157		壬寅卜，貞：不雨。
合集	38158		（1）今夕〔不〕雨。
合集	38178		（1）甲辰卜，貞：翌日乙王其宓，宜于辜，衣，不遘雨。 （2）其遘雨。 （3）辛巳卜，貞：今日不雨。
合集	38191		（5）壬辰卜，貞：今日不雨。

合集	38197		（3）戊□卜，貞：今日不雨。 （4）其雨。 （5）□未卜，貞：〔今日〕不雨。
合集	39503（《英藏》1170 正）		（1）今日不雨。
合集	39680（《英藏》126）		（3）甲午卜，亘，貞：翌乙未其雨。 （4）甲午卜，亘，貞：翌乙未不雨。
合集	39849（《英藏》1136）		（5）丙午卜，爭執，貞：其雨。 （6）貞：不雨。 （7）雨。之日鼎。
合集	39872+《英藏》1002【《合補》1763】		（1）〔癸〕酉卜，㱿，〔貞〕：翌甲戌〔不〕雨。
合集	39916		（2）不雨。
合集	40256（《英藏》999）		壬戌卜，㽙，翌乙丑不雨。
合集	40257 正（《英藏》1000 正）		翌戊辰不雨。
合集	40258 正		貞：自今日至于己丑不雨。三月。
合集	40258 反		己丑不雨。
合集	40261		（1）貞：〔翌〕辛□不雨。
合集	40262		貞：不雨……不隻。辛……
合集	40263		不雨。
合集》	40279（《英藏》2073）		丁亥卜，貞：今日不雨。
合集	40280		貞：今日不雨。
合集	40288		貞：今夕不雨。
合集	40289		貞：今夕不雨。

合集	40290		貞：今夕〔不〕雨。
合集	40291		貞：今夕不雨。
合集	40298（《英藏》2064）		丁巳卜，貞：今夕不雨。
合集	40299		貞：今夕不雨。
合集	40843		□酉卜，𠓛，〔今〕夕不雨。
合集	40854 正（《英藏》174 正）		（1）戊不雨。
合集	40865（《合補》6858）		（2）戊子卜，余，雨不。庚大攺。 （4）𡴂。貞……卜曰：翌庚寅其雨。余曰：己其雨。不雨。庚大攺。
合集	40866+《庫》976【《合補》13267】		（1）戊寅卜，巫又伐，今夕雨。 （3）于乙卯雨。 （6）癸未卜，雨。 （7）丙戌卜，丁亥雨。 （8）丙戌卜，戊子雨。 （9）庚寅不雨。 （10）辛卯雨。 （11）癸巳卜，甲午雨。 （13）戊子卜，至庚寅雨。
合集	40877（《英藏》1904）		（1）乙丑卜，𩁹，雨壬。 （2）不雨壬。
合集	40892（《英藏》1850）		（1）己丑……庚寅易日，㞢大雨。 （3）□〔戌〕卜……乙未不雨。
合集	41094		（2）丙申卜，行，貞：自今日至于戊戌不雨。 （3）貞：其雨。

合集	41095（《英藏》2071）		（1）乙亥卜，出，貞：今日不雨。 （2）……雨。
合集	41099		貞：今夕不雨。
合集	41100		貞：今夕不雨。
合集	41101		貞：今夕不雨。
	41103（《英藏》2075）		（1）壬申卜，貞：翌癸酉不雨。 （3）今夕其雨。
合集	41170（《愛米塔什》118）		（3）貞：其雨。 （4）丁亥卜，行，貞：今日不雨。 （5）貞：其雨。
合集	41365		（1）不雨。
合集	41380		（4）不雨。
合集	41395		翌日戊不雨。
合集	41396		（1）貞：不雨。 （2）貞：不雨。
合集	41398		（1）不雨。 （2）壬雨。
合集	41399		〔翌〕日辛不雨。
合集	41461（《英藏》2411）		（1）〔己〕未，今日雨。 （2）不雨。
合集	41511（《英藏》2435）		（3）甲不雨，不用。甲雨。
合集	41540（《英藏》2428）		（3）丙□，貞：又𠦪兄于河其〔雨〕。 （4）不雨。

合集	41545		（1）王其田以万，不雨。吉 （2）……以……其雨。吉
合集	41546（《英藏》2309）		（2）王其田，以万，不雨。吉 （3）……以……〔不〕其雨。吉
合集	41565		……盂田，湄日〔亡〕𢦏。不雨。
合集	41590（《合補》10610）		（1）不雨。 （2）乙雨。
合集	41591（《英藏》2434）		（3）不雨。
合集	41592		（1）其〔雨〕。 （2）不雨。
合集	41598（《英藏》2437）		（2）丙午卜，今日雨。 （3）不雨。
合集	41599		（1）丁亥卜，翌日戊不雨。 （2）雨。
合集	41866（《英藏》2567）		（2）壬申卜，才盗，今日不雨。 （3）其雨。兹卬。 （4）□寅卜，貞：〔今〕日戊王〔田〕㰤，不遘大雨。
合集	41869（《合補》11642）		（1）不雨。 （2）其雨。 （3）不雨。兹卬。
合集	41870（《英藏》2589）		（1）辛酉卜，貞：其雨。今日不雨。兹卬。 （2）其雨。

（二）不·雨

著　錄	編號／【綴合】／（重見）	備　註	卜　辭
合集	870 正+6232【《合補》3128 正遙綴】		（3）貞：不亦雨。
合集	2002 反		（5）王固曰：吉。辛雨，庚不亦雨。
合集	3458 正		（11）不征雨。
合集	3971 正+3992+7996+10863 正+13360 +16457+《合補》988+《合補》3275 正+《乙》6076+《乙》7952【《醉》150】		（10）□翌辰□其征雨。 （11）不征雨。
合集	5658 正		（10）丙寅卜，爭，貞：今十一月帝令雨。 （11）貞：今十一月帝不其令雨。 （14）不征雨。
合集	7996 甲		（5）不征雨。
合集	12283 反		（1）今夕丙其雨。 （2）今夕不嫩雨。
合集	12663		貞：不盧雨。
合集	12664		貞：不盧雨。
合集	12667		不盧雨。
合集	12724		（1）貞：不亦雨。 （2）貞：其亦雨。 （3）貞：㞢來自南。
合集	12789		貞：今夕不其征雨。
合集	12791		貞：不征雨。

合集	12792		貞：不祉雨。
合集	12805		己巳……疾其……不祉雨。
合集	14134		……今二月帝〔不〕令雨。
合集	14146+《乙》2772【《醉》252】		貞：翌庚寅，帝不令雨。
合集	14147 正		（1）庚寅雨。 （3）來乙未，帝其令雨。 （4）來乙〔未〕，帝不令雨。
合集	14149 正		（1）〔癸丑〕卜，㱿，貞：翌甲寅帝其令雨。 （2）癸丑卜，㱿，貞：翌甲寅帝〔不〕令雨。
合集	14153 正甲		（1）丙寅卜，〔㱿，翌丁〕卯帝其令雨。 （2）丙寅卜，〔㱿，翌丁〕卯帝不令雨。
合集	14153 正乙		（1）丁卯卜，㱿，翌戊辰〔帝〕其令〔雨〕。戊…… （2）丁卯卜，㱿，翌戊辰帝不令雨。戊辰允陰。 （3）戊〔辰〕卜，㱿，〔翌〕己巳〔帝〕令〔雨〕。 （4）丙辰卜，㱿，翌己巳帝不令雨。 （7）辛未卜，〔㱿〕，翌壬〔申〕帝其〔令〕雨。 （8）辛未卜，〔㱿〕，翌壬〔申〕帝〔不令〕雨。壬〔申〕暈。 （9）申壬〔卜，㱿〕翌癸〔酉〕帝其令雨。 （10）申壬卜，〔㱿〕翌癸酉帝不令雨。 （11）甲戌卜，㱿，翌乙亥帝其令雨。 （12）甲戌卜，㱿，翌乙亥帝不令雨。 （13）乙亥卜，㱿，翌丙子帝其令雨。 （14）乙亥卜，㱿，翌丙子帝不令雨。 （15）丙子卜，㱿，翌丁丑帝其令雨。

合集	14433 正		（2）貞：今己亥不祉雨。 （3）貞：〔今己〕亥〔其〕祉〔雨〕。
合集	14619		貞：不隹河壱雨。
合集	14638 正		（1）貞：翌甲戌河其令〔雨〕。 （2）貞：翌甲戌河不令雨。
合集	14692		（1）□□卜，亘，貞：今夕不祉雨。
合集	15512		庚子卜，今夕不祉〔雨〕。
合集	24862		□午卜，冎，〔貞：今〕夕不祉雨。
合集	28611		（2）今日祉雨。 （3）不祉雨。
合集	29280+30158【《契》119】		（2）不祉雨。 （3）其祉雨。
合集	30060		今日癸不大雨。
合集	30159		（1）不祉雨。 （2）其祉雨。
合集	30160		（1）不祉雨。 （2）其祉雨。
合集	30166（《合補》3784）		（1）不祉雨。 （2）……于雨。
合集	30896+《屯南》4181【《甲拼三》682】		（3）今日不祉雨。 （4）……雨。
合集	32176（部份重見《合集》33129）		（3）甲子卜，不聯雨。 （4）其聯雨。

合集	33292		（1）丁酉卜，貞：不亩〔雨〕。 （5）……雨……
合集	33823（部份重見《合集》33838）		（1）〔丁〕酉卜，戊戌雨。允雨。 （2）丁酉卜，戊戌雨。允雨。 （3）〔丁〕酉卜，己亥雨。 （4）丁酉卜，辛〔丑〕至癸卯〔雨〕。 （5）丁酉……庚子雨。 （6）辛丑卜，不𢓊雨。 （7）癸卯卜，己巳雨。允雨。 （8）癸丑卜，己卯雨。 （9）及今夕雨。 （10）不雨。 （11）允不雨。
合集	33871		（1）丁雨。 （2）丙寅卜，丁卯其至⿰京雨。 （3）丁卯卜，今日雨。夕雨。 （7）庚午卜，雨。 （8）乙亥卜，今日其至不⿰京雨。 （9）乙其雨。 （10）乙其雨。
合集	33903+《合補》10620【《醉》294】		（2）辛未卜，今日𢓊雨。 （3）不𢓊雨。
合集	33942		不𢓊雨。

合集	33986		（3）于已酉𢓊雨。幺用 （4）乙未〔卜〕，歲祖□三十牢□。茲用。羞毌歲衩，雨。不𢓊雨。 （10）乙未卜，肂衩，不雨。 （11）其雨。
合集	34176		（5）戊戌卜，□甾雨。 （7）攸雨。〔註5〕 （8）不攸雨。 （9）〔隹往〕冓雨。
合集	37536		（1）戊戌卜，才澫，今日不𢓊雨。
合集	38160		（2）不多雨。 （3）辛亥卜，貞：𢓊雨。
合集	38161+38163【《合補》11645】		（1）……不多雨。 （2）壬子卜，貞：湄日多雨。 （3）不𢓊雨。
合集	38164		（2）不多雨。
合集	38179		（1）弗灉，□月又大雨。 （2）壬寅卜，貞：今夕𢓊雨。 （3）不𢓊雨。
合集	38182+38185【《合補》11646】		（2）不𢓊雨。茲卬。
合集	41303（《英藏》2466）		（1）甲申卜，不𢓊雨。
合集	41595		（2）不𢓊雨。 （3）……雨。

〔註5〕《甲骨綴合續集》，頁174，「攸雨」、「倏雨」，連綿不絕的長雨。

（三）雨·不

著　錄	編號／【綴合】／（重見）	備　註	卜　辭
合集	378+20909+20823【《合補》6685】		丙子卜，今日雨不。十二月。
合集	3805 反		丙其雨不⋯⋯
合集	9059 正		（2）⋯⋯〔雨〕不⋯⋯
合集	10140		（2）貞：茲雨不隹年。
合集	10141		（2）貞：茲雨不〔隹〕年。
合集	10143+9967【《契》32】		（2）貞：茲雨不隹年囚。 （3）⋯⋯雨⋯⋯年。
合集	11772		（2）貞：雨不。
合集	11787		己亥雨不。
合集	11788		隹癸雨不。
合集	11789		（2）丁雨不。
合集	11790		己卯雨不。
合集	11953		乙亥卜，貞：丁丑其雨，不。
合集	12037（《合補》3529）		（1）貞：今日雨不。
合集	12333 正+《英藏》1740【《甲拼續》356】		（1）丙戌卜，貞：自今日至庚寅雨。不。
合集	12728 正		⋯⋯亦雨不。
合集	12806		（1）□酉雨不征。
合集	12817 正		（1）貞：雨其蠹。 （2）〔貞〕：雨不蠹。

合集	12830 反		乙未卜，〔貞〕：舞，今夕〔㞢〕从雨不。
合集	12888		貞：□雨不隹𡆥。
合集	12889		（2）貞：茲雨不隹〔𡆥，我〕……
合集	12890		〔茲〕雨不隹𡆥。
合集	12891		貞：雨不隹〔𡆥〕。
合集	12893（《合集》17348）		……雨〔不〕隹〔孽〕。
合集	12894		〔貞：茲〕雨不隹……不……
合集	12897+9059【《甲拼續》546】		（1）〔貞〕：茲雨不隹□田……
合集	12909 正		（1）乙卯卜，丙辰雨。允〔雨〕。 （2）丁巳雨。允雨。 （3）庚申卜，辛酉雨。允雨。 （4）壬戌雨不。 （5）癸亥雨不。允雨。 （6）□戌允雨。
合集	12910		（1）丁未卜，翌戊雨不。 （2）己酉雨。允雨。 （3）辛……雨。三月。
合集	12925		今日丁巳允雨不祉。
合集	12973+臺灣某收藏家藏品+《乙補》5318+《乙補》229【《綴彙》218】		（1）甲子卜，㱿，翌乙丑不雨。允□雨。 （2）甲子卜，㱿，翌乙丑其雨。 （3）……翌……雨，允不雨。 （4）乙丑卜，㱿，翌丙寅其雨。 （5）丙寅卜，㱿，翌丁卯不雨。

			（6）丙寅卜，𣪘，翌丁卯其雨。丁卯允雨。 （7）丁卯卜，𣪘，翌戊辰不雨。 （8）丁卯卜，𣪘，翌戊辰其雨。 （9）戊辰卜，𣪘，翌戊辰不雨。 （10）戊辰卜，𣪘，翌戊辰其雨。 （11）己巳卜，𣪘，翌庚午不雨。允不〔雨〕。 （12）己巳卜，𣪘，翌庚午其雨。 （13）壬申卜，𣪘，翌癸……雨。 （14）癸酉卜，𣪘，翌甲戌不雨。 （16）〔乙亥〕卜，𣪘，翌丙子不雨。 （17）乙亥卜，𣪘，翌丙子其雨。 （18）丙子卜，𣪘，翌丁丑不雨。 （19）翌丁丑其雨。 （20）辛酉卜，𣪘，翌壬戌不雨，之日夕雨不祉。 （21）辛酉卜，𣪘，翌壬戌其雨。 （22）壬戌卜，𣪘，翌癸亥不雨，癸亥雨。 （23）癸亥卜，𣪘，翌甲子不雨，甲子雨小。
合集	20036		（1）辛卯卜，王，甲午日雨不。
合集	20445		（2）……雨不……
合集	20903		（1）乙亥卜，今日雨不，三月。 （2）己亥〔卜〕，翌日丙雨。 （3）□卯卜……雨。 （4）……翌日允雨不。

合集	20961		（1）丙戌卜，雨今夕不。 （2）丙戌卜，三日雨。丁亥隹大食雨？
合集	21021部份+21316+21321+21016【《綴彙》776】		（1）癸未卜，貞：旬。甲申定人雨……雨……十二月。 （4）癸卯貞，旬。□大〔風〕自北。 （5）癸丑卜，貞：旬。甲寅大食雨自北。乙卯小食大啟。丙辰中日大雨自南。 （6）癸亥卜，貞：旬。一月。昃雨自東。九日辛丑大采，各云自北，雷祉，大風自西刜云，率〔雨〕，母蕭日……一月。 （8）癸巳卜，貞：旬。之日巳，羌女老，祉雨小。二月。 （9）……大采日，各云自北，雷，風，茲雨不祉，隹蜍…… （10）癸亥卜，貞：旬。乙丑夕雨，丁卯明雨……采日雨。〔風〕。己明啟。三月。
合集	24933（《合補》7250）		（1）庚辰卜，大，貞：雨不正辰，不隹年。 （4）貞：雨不正辰，亡匄。
合集	32114+《屯南》3673【《合補》10422】		（2）丁巳，小雨，不祉。
合集	32517		（6）丁巳小雨，不〔祉〕。
合集	33828+33829【《合補》10603】		（1）癸酉卜，其雨乙亥。 （2）癸酉卜，不雨乙亥。允雨。 （3）丁丑卜，今日雨。允雨。 （4）庚辰卜，辛巳雨不。 （5）庚辰卜，辛巳雨不。
合集	33944		（2）雨不祉。
合集	40595（《英藏》1074）		貞：茲雨不〔隹〕囚。

合集	40865（《合補》6858）		（2）戊子卜，余，雨不。庚大攴。 （4）𢀛。貞……卜曰：翌庚寅其雨。余曰：己其雨。不雨。庚大攴。

（四）不其・雨

著　錄	編號／【綴合】／（重見）	備　註	卜　辭
合集	140 反		（3）貞：今日雨。 （4）貞：今日不其雨。
合集	156		（4）貞：翌甲寅其雨。 （5）貞：翌甲寅不其雨。
合集	667 正		（5）壬寅卜，㱿，貞：自今至于丙午雨。 （6）壬寅卜，㱿，貞：自今至于丙午不其雨。
合集	738 正		（1）壬申卜，爭，貞：雨。二月。 （2）貞：不其雨。
合集	809 正		（5）戊寅卜，穷，貞：今十月雨。 （6）貞：今十月不其雨。
合集	892 正		（19）貞：今癸亥其雨。 （20）貞：今癸亥不其雨。允不雨。
合集	900 正		（7）自今庚子〔至〕于甲辰帝令雨。 （8）至甲辰帝不其令雨。
合集	900 反		（1）今日不其雨。
合集	902 正		（1）己卯卜，㱿，貞：不其雨。 （2）己卯卜，㱿，貞：雨。王固：其雨。隹壬午允雨。

			（3）……其……言〔雨〕才瀧。 （4）王不雨才瀧。
合集	973 正+《乙》6680+《乙補》6124+《乙補》6125 倒+《乙補》1723【《醉》309】		（1）貞：今日雨。 （2）貞今日不其雨。
合集	973 反+3282+《乙補》5858+《乙補》6126【《醉》309】		（1）〔王〕固〔曰〕……雨……
合集	1051 正		（5）翌庚寅不其雨。
合集	1106 正（《乙》6479 綴合位置錯誤）+12063 正+《乙補》5337+《乙補》5719【《醉》198】		（2）貞：今乙卯不其雨。 （3）貞：今乙卯允其雨。 （4）貞：今乙卯不其雨。 （5）貞：自今旬雨。 （6）貞：今日其雨。 （7）今日不〔雨〕。
合集	1106 反（《乙》6480 綴合位置錯誤）+12063 反+《乙》6048+《乙補》5720【《醉》198】		（2）王〔固曰〕：其雨。 （3）〔王〕固曰……雨小，于丙□多。 （4）乙卯舞㞢雨。
合集	1141 反		貞：不其雨。
合集	2478+《乙》4103【《合補》3644】		（2）庚申〔卜〕，㞢，貞：不其雨。 （3）〔庚申卜〕，㞢，貞：其雨。
合集	3183 正甲		（2）翌癸未不其雨。 （3）貞：不其雨。
合集	3217 反		（8）貞：其雨。 （9）不其雨。

合集	3832+6591+11762 正+17293+《乙補》6700+《乙補》1692+《乙補》【《醉》364】		（2）庚戌卜，㞢，貞：雨。 （3）壬子卜，㞢，貞：雨。
合集	3898 正+12417 正+14620（部份重見《合補》3278 正）【《合補》3635】		（1）庚申卜，永，貞：翌辛酉雨。 （2）庚申卜，永，貞：翌辛酉不其雨。 （3）……貞：弗……雨。 （4）庚申卜，永，貞：河壱雨。 （5）貞：河弗壱雨。
合集	4141		（13）不其雨。
合集	5111		（3）貞：自今至于庚戌不其雨。
合集	6037 正		（1）貞：翌庚申我伐，易日。庚申明陰，王來金首，雨小。 （3）……雨。 （4）翌乙〔丑〕不其雨。
合集	6111		（2）□申卜，葡，貞：雨。 （3）不其雨。
合集	6251		（1）貞：〔今〕十月〔不〕其雨。
合集	6719		（2）壬寅卜，生十月雨。 （3）不其雨。
合集	6828 正		（1）貞：今日其雨。 （2）貞：今日不其雨。
合集	6947 正		（1）辛亥卜，爭，貞：翌乙卯雨。乙卯允雨。 （2）貞：翌乙卯不其雨。
合集	7282	「雨」字缺刻橫劃	（1）貞：自今□至于乙不其雨。

合集	7307		（1）貞：不其雨。 （2）貞：其雨。
合集	7772 反+《乙補》2614【《醉》38】		（15）貞：今日其雨。 （16）不其雨。
合集	8137 正		貞：不其雨。
合集	8473		（7）貞：今夕其雨。 （8）貞：今夕不雨。 （10）貞：今夕其雨。 （11）貞：今夕不雨。 （13）貞：今夕其雨。七月。 （14）貞：今夕不其雨。 （16）貞：今夕其雨。 （17）貞：今夕不雨。
合集	8648 正（《合補》1396 正）		（1）貞：雨。 （2）不其雨。 （3）貞：今日其雨。 （4）今日不其雨。 （5）癸酉卜，亘，貞：生月多雨。
合集	8648 反（《合補》1396 反）		（1）丙子卜，貞：雨。 （2）王固曰：其雨。 （4）〔王〕固曰：其隹庚戌雨小，其隹庚□雨。
合集	9257 正+12315 正甲+ 18900 正+《乙》4224【《醉》345】		（1）（丁未卜，永，）貞：自今至于辛亥雨。 （2）自今至于辛亥不其雨。
合集	9749		（2）不其雨。

合集	9757		（1）貞：〔今〕日〔不其雨〕。 （2）貞：今日雨。 （3）貞：雨。
合集	9790 正		（4）貞：今夕不其雨。 （5）貞：今夕其雨。
合集	9958		（2）貞：今日不其雨。 （3）貞：今日其雨。
合集	10097		（2）自〔今〕至〔于〕甲戌不其雨。
合集	12309+10292【《契》29】		（2）壬戌卜，今夕雨。允雨。 （3）壬戌卜，今夕不其雨。 （4）甲子卜，翌乙丑其雨。
合集	11018 反+《乙》4084+《乙補》2471【《醉》307】		（5）貞：雨。 （6）不其雨。 （7）雨。 （8）不其雨。
合集	11484 正+《乙》3349+《乙》3879【《契》382】		（1）□丑卜，穷，貞：翌乙□酘黍登于祖乙。王固曰：㞢希，……不其雨。六日□午夕，月㞢食，乙未酘，多工率□𣥂。
合集	11752（《合補》3709）		（1）丁巳卜，㱿，貞：雨。 （2）貞：不其〔雨〕。
合集	11762 反+《乙補》6701+《乙補》6618【《醉》364】		不其雨。
合集	11814+12907【《契》28】		（1）庚申卜：辛酉雨。 （2）辛酉卜：壬戌雨。風，夕陰。 （3）壬戌卜：癸亥雨。之夕雨。

			（5）癸亥卜：甲子雨。 （6）……雨…… （8）己巳卜：庚午雨。允雨。 （9）庚午不其雨。 （10）庚午卜：辛未雨。 （11）辛未不其雨。 （12）壬〔申〕雨。 （13）壬申不其雨。 （14）癸酉不其〔雨〕。
合集	11835 正+《乙》2823+《乙補》3217+《乙補》3226+《乙》3632【《醉》258】		（1）……辛亥至于乙卯不其雨。 （2）……至于乙卯雨。
合集	11853 正+《合補》5855【《綴彙》186】		（1）丙午卜，內，貞：不其雨。 （2）丙午卜，內，貞：其雨。
合集	11853 反+《合補》5855【《綴彙》186】		（1）……雨。 （2）貞：雨。
合集	11856		（1）□卯卜，貞：雨。 （2）貞：不其雨。
合集	11892 正		（1）乙未卜，韋，其雨。 （2）貞：不其雨。 （3）丁酉，貞：其雨。 （4）丁酉，貞：不其雨。 （5）戊戌，貞：其雨。 （6）其雨。 （7）己酉卜，韋，貞：其雨。

			（8）不其雨。 （9）庚戌卜，韋，其雨。 （10）不其雨。 （11）辛亥卜，韋，其〔雨〕。 （12）壬子卜，其雨。 （13）壬子卜，不雨。
合集	11893		（1）乙未卜，永，其雨。 （2）不其雨。 （3）丙申卜，永，其雨。 （4）不其雨。 （5）辛亥卜，永，其雨。 （6）不其雨。 （7）壬子卜，永，雨。
合集	11907		（1）其雨。 （2）不其雨。
合集	11921 正		庚戌〔卜〕，爭，貞：不其雨。〔帝〕異……
合集	11922		□□卜，穷，貞：不其雨。
合集	11923+《乙》5528【《醉》107】		（1）丁酉，貞：其雨。 （2）丁酉，貞：不其雨。
合集	11924		庚寅不其雨。
合集	11925		（1）貞：不其雨。 （2）不雨。
合集	11926		貞：不其雨。

合集	11927		貞：不其雨。
合集	11928		貞：不其雨。
合集	11929		貞：□不〔其〕雨。
合集	11930		貞：不其雨。
合集	11931		貞：不其雨。
合集	11932		貞：不其雨。
合集	11933		貞：不其雨。
合集	11934		貞：不其雨。
合集	11935		貞：不其雨。
合集	11936		（1）貞：不其雨。
合集	11937		貞：不其雨。
合集	11938		（2）貞：不其雨。
合集	11939		（1）□卯卜……雨 （2）貞：不其雨。
合集	11940		（1）貞：不其雨。 （2）……雨。
合集	11941（《合補》3760）		貞：不其雨。
合集	11942		（2）貞：不其雨。
合集	11943		貞：不其雨。
合集	11944		（1）貞：不其雨。
合集	11945		貞：不其雨。

合集	11946		（1）貞：雨。 （2）貞：不其雨。
合集	11947		貞：不其雨。
合集	11948		（1）貞：不其雨。 （2）不雨。
合集	11949		（2）貞：不其雨。 （4）貞：不其雨。
合集	11950		貞：不其雨。
合集	11951		（3）貞：不其雨。
合集	11952		貞：不其雨。
合集	11954		（1）壬子卜，不其雨。 （2）壬子卜，雨。五日丁巳……
合集	11955 反		己巳卜，不其雨。
合集	11956		〔翌〕甲午〔不〕其雨。
合集	11957		（1）癸卯卜，〔其〕雨。 （2）癸卯卜，不其雨。
合集	11958		（1）己丑卜，庚雨。 （2）庚寅不其雨。
合集	11959		（1）乙卯不其雨。 （2）……東戋，从雨。
合集	11960		（1）乙卯卜，不其雨。 （2）……舞雨。
合集	11961		□□寅不其雨。

合集	11962		（2）……隹㚔，不其雨。
合集	11963		□不其雨。
合集	11964		癸不其雨。
合集	11964+3819【《契》256】		（3）貞：翌乙丑不其雨。〔註6〕
合集	11965		□不其雨。
合集	11966 反		不其雨。
合集	11967		（1）不其雨。
合集	11968（部份為《中島》B41）【《綴彙》132】	《合集》正反顛倒，《中島》為是	不其雨。
合集	11969		不其雨。
合集	11970		不其雨。
《合集》	11971 正+12976+14599+《合補》4497+《乙》8358+《乙補》555+《乙補》612+《乙補》3000+14579+《乙》616+《乙補》556+《乙補》613【《醉》338】		（3）辛卯卜，㱿，貞：雨。王固曰：甲雨。四日甲午允雨。 （4）貞：不其雨。 （6）甲午卜，爭，貞：翌丙申雨。
《合集》	11971 反+12976+14599+《合補》4497+《乙》8358+《乙補》555+《乙補》612+《乙補》3000+14579+《乙》616+《乙補》556+《乙補》613【《醉》338】		（1）王固曰：隹丁……今日……雨。
合集	11972		不其雨。

〔註6〕《契合集》：「「丑」字在未綴合之前，極似「癸」字的殘文，故《釋文》、《校釋》、《摹釋》皆誤為「癸」字。經綴合後可補正。」參見林宏明：《契合集》，頁191。

合集	11973		（1）貞：雨 （2）不其雨。
合集	11974		不其〔雨〕。
合集	11975		……生……不其〔雨〕。
合集	11976		不其雨。
合集	11998		（1）□午卜，貞：今日雨。 （2）貞：不其雨。
合集	12001 正		（1）甲午卜，貞：今日雨。 （2）□午卜，貞：〔不〕其雨。□月。
合集	12004（《合補》3530）		（1）□□〔卜〕，□，貞：今日雨。 （2）貞：不其雨。
合集	12051 正		（3）甲辰卜，㑭，貞：今日其雨。 （4）甲辰卜，㑭，貞：今日不其雨。 （5）甲辰卜，㑭，貞：翌乙巳其雨。 （6）貞：翌乙巳不其雨。 （10）貞：翌丁未其雨。 （11）貞：翌丁未不其雨。
合集	1106 正（《乙》6479 綴合位置錯誤）+12063 正+《乙補》5337+《乙補》5719【《醉》198】		（2）貞：今乙卯不其雨。 （3）貞：今乙卯允其雨。 （4）貞：今乙卯不其雨。 （5）貞：自今旬雨。 （6）貞：今日其雨。 （7）今日不〔雨〕。

合集	1106 反（《乙》6480 綴合位置錯誤）+12063 反+《乙》6048+《乙補》5720【《醉》198】		（2）王〔固曰〕：其雨。 （3）〔王〕固曰……雨小，于丙□多。 （4）乙卯舞㞢雨。
合集	12093		（1）貞：其雨。 （2）貞：今日不其〔雨〕。
合集	12094		（1）貞：今日不其雨。
合集	12095 正		貞：今日不其雨。
合集	12096		貞：今日不其雨。
合集	12097		貞：今日不其雨。
合集	12098		貞：今〔日〕不其雨。
合集	12099		貞：今日不其雨。
合集	12100		（1）貞：今不其雨。
合集	12101		（1）今丁卯不其雨。
合集	12102 正		（1）貞：今己亥不其雨。
合集	12103		（1）壬申卜，今日不其雨。 （2）其雨。
合集	12104		（1）今日不其雨。 （2）□丑卜，〔貞〕……雨。
合集	12119		（1）貞：不其雨。 （2）貞：今夕雨。
合集	12138		（2）貞：今夕雨，不其雨。
合集	12163 反		（1）王固曰：今夕不其雨，其壬雨。允不雨。

合集	12246		（1）貞：今夕其雨。 （2）今夕不其雨。
合集	12247		（1）己酉卜，貞：今夕其雨。 （2）不其雨。
合集	12290 正		（1）己未卜，亘，貞：今夕不其雨。
合集	12291		庚申卜，史，貞：今夕不其雨。
合集	12292		□子卜，貞：今□不其雨。
合集	12293		貞：今夕不其雨。
合集	12294		貞：今夕不其雨。
合集	12295		貞：今夕不其雨。
合集	12296		貞：今夕不其雨。
合集	12297 反		（1）貞：今三月不其雨。
合集	12298		貞：今夕不其雨。
合集	12299 反		（1）貞：今夕不其雨。
合集	12300		貞：今夕不其雨。
合集	12301		貞：今夕不其雨。
合集	12302		（1）貞：今夕不其雨。
合集	12303		〔貞〕：今夕不其雨。
合集	12304		貞：今夕不其雨。
合集	12305		貞：今夕不其雨。
合集	12306		貞：今夕不其雨。
合集	12307		貞：今夕不其雨。

合集	12308		今夕不其雨。
合集	12309+10292【《契》29】		（2）壬戌卜，今夕雨。允雨。 （3）壬戌卜，今夕不其雨。 （4）甲子卜，翌乙丑其雨。
合集	12316	（3）後「日」字為「其」字誤	（1）貞：自今五日至于丙午〔雨〕。 （2）貞：今五日至〔于丙午不雨〕。 （3）自今五日日雨。 （4）自今五日不其雨。
合集	12329（《合補》3543）		自今日至乙不其雨。〔註 7〕
合集	12330（《合補》3538 正）		（1）貞：自今至于庚不其雨。 （2）……至……不……雨。
合集	12331 反		自至于戊寅不其雨。
合集	12332		（1）壬寅卜，自〔今〕至壬〔午〕不其雨。 （2）□巳其雨。
合集	12334		（1）壬辰卜，爭，自今五日至于丙申不其雨。
合集	12341		（1）庚子卜，逆，貞：翌辛丑雨。 （2）貞：翌辛丑不其雨。
合集	12342		（1）庚子卜，永，貞：翌辛丑雨。 （2）貞：翌辛丑不其雨。 （3）壬寅卜，永，貞：翌癸□雨。 （4）貞：翌癸卯不其雨。

〔註 7〕「日」字《合集》釋為「庚」，據《合補》正之。

合集	12343		(1)……雨…… (2)不其雨。 (3)丙申卜，昀，貞：翌戊戌雨。 (4)己亥〔卜〕，昀，〔貞〕：翌庚子雨。
合集	12347		(1)丙子卜，𣪊，貞：翌丁丑雨。 (2)貞：不其雨。
合集	12349		(1)貞：翌庚申雨。 (2)不其雨。
合集	12357+12456+《英藏》1017（《合集》13446、《合補》3733）【《合補》13227】		(1)丁□卜，內，翌戊□雨。陰。 (2)丙戌卜，內，翌丁亥不其雨。丁亥雨。 (3)茲不印，雨。 (4)丁亥卜，內，翌戊子不其雨。戊陰，不雨。 (5)戊子卜，內，翌己丑雨。己敕。 (6)〔己〕丑卜，內，翌庚寅雨。不雨，陰。 (7)翌己丑不其雨。 (8)〔庚〕寅不其雨。
合集	12425+《珠》766【《合補》3770】		(1)不其雨。 (1)貞：翌庚辰其雨。 (2)貞：翌庚辰不雨。庚辰陰，大采雨。
合集	12438 正		(1)翌庚寅其雨。 (2)翌庚寅不其雨。
合集	12449 甲部份+12449 乙+乙補 5924（參見綴續 486）		翌庚寅不其雨。
合集	12451		□□〔卜〕，〔穷〕，貞：翌戊寅不其雨。

合集	12452		貞：翌丁巳不其雨。
合集	12453		（1）貞：翌辛未不其雨。不雨。 （2）……〔不其雨〕。
合集	12454		貞：翌丁未不其雨。
合集	12455		□□〔丁〕內，翌丁卯不其雨。
合集	12457		壬寅卜，翌癸不其雨。
合集	12458		（1）翌辛卯不其雨。
合集	12459		（1）戊子卜，翌庚寅雨。 （2）戊子卜，翌庚寅不其雨。 （3）庚寅卜，翌癸巳雨。 （4）庚寅卜，翌癸巳不其雨。
合集	12460		（1）翌乙巳其雨。 （2）翌乙巳不其雨。
合集	12461		翌庚辰不其雨。
合集	12462		翌甲不其雨。
合集	12464		（2）貞：來庚寅不其雨。
合集	12466 正+《乙補》5548+《乙補》5359【《醉》361】		（1）辛巳卜，亘，貞：雨。 （3）貞：來乙酉其雨。 （4）貞：來庚寅不其雨。 （5）貞：來庚寅不其雨。
合集	12466 反+《乙》6321+《乙補》5881【《醉》361】		王固曰：气雨，隹甲、丁見，辛、巳。
合集	12467		貞：來甲戌不其雨。

合集	12486		（2）癸酉卜，自今旬不其雨。
合集	12487 正		（1）癸巳卜，爭，貞：今一月不其雨。 （2）癸巳卜，爭，貞：今一月雨。王固曰：丙雨。旬壬寅雨，甲辰亦雨。
合集	12487 反		（1）己酉雨，辛亥亦雨。
合集	12488 甲		（1）火，今一〔月〕不其雨。 （2）……不其雨。
合集	12497		不其雨。一月。
合集	12507		貞：今二月不其雨。
合集	12513		（1）其雨。 （2）不其雨。二月。
合集	12525		（1）貞：不〔其〕雨。二月。 （2）貞：不其〔雨〕。
合集	12529 正		（1）大今三月不其〔雨〕。
合集	12538		貞：今夕不其雨。三月。
合集	12563		丙寅〔卜〕，不其雨。四月。
合集	12581		（1）貞：今〔夕〕不其雨。五月。
合集	12582		（1）乙未卜，允，貞：今日雨。 （2）貞：今日不其雨。五〔月〕。
合集	12615		貞：今夕不其雨。九月。
合集	12635 正		〔癸〕巳卜，㱿，貞：今十一月不其雨。
合集	12636		（1）丁丑卜，爭，貞：今十一月其雨。 （2）貞：今十一月不其雨。

合集	12637		己丑卜，𡆥，貞：今十一月不其雨。
合集	12646		……不其雨。十三月。
合集	12648		（1）□□〔卜〕，□，貞：今十三月雨。 （2）己未卜，㱿，貞：今十三月不其雨。 （3）己未卜，㱿，貞：今十三月雨。 （4）貞：十三月不其雨。 （5）隹上甲壱雨。 （13）貞：今十三月不其雨。 （14）貞：今十三月不其雨。 （15）今十三月雨。 （16）今十三月不其雨。
合集	12821		（2）……不其雨。
合集	12827		（2）〔乙〕卯卜，不其〔雨〕。 （3）丙辰卜，今日𠦪舞，㞢从〔雨〕。不舞。
合集	12869 正甲		勿𢼄，不其雨。
合集	12907+11814【《契》28】		（1）庚申卜，辛酉雨。 （2）辛酉卜，壬戌雨。風，夕陰。 （3）壬戌卜，癸亥雨。之夕雨。 （5）癸亥卜，甲子雨。 （6）……雨…… （8）己巳卜，庚午雨。允雨。 （9）庚午不其雨。 （10）庚午卜，辛未雨。 （11）辛未不其雨。

			（12）辛〔未〕卜，壬〔申〕雨。 （13）壬申不其雨。 （14）癸酉不其〔雨〕。
合集	12921 正		（6）辛丑卜，穷，貞：翌壬寅其雨。 （7）貞：翌壬辰不其雨。
合集	12939 正		（1）貞：今日壬申其雨。之日允雨。 （2）貞：今日壬申不其雨。
合集	12972 正		（3）翌癸〔丑〕其雨。 （4）翌癸丑不其〔雨〕。
合集	12975		（2）翌己未不其雨。允不。 （3）〔翌〕庚申不其雨。
合集	12976+11971 正+14599+《合補》4497+《乙》8358+《乙補》555+《乙補》612+《乙補》3000【《醉》338 正】		（3）辛卯卜，㱿，貞：雨。王固曰：甲雨。四日甲午允雨。 （4）貞：不其雨。 （6）甲午卜，爭，貞：翌丙申雨。
合集	13006		（1）□申卜，貞：異不其雨。
合集	13112（《合補》1812 正）		（3）今日不其雨。 （4）癸丑卜，爭，貞：今日其雨。
合集	13390 正		（1）癸酉卜，穷，貞：自今至于丁丑其雨。 （3）貞：兹𣎆云其雨。 （4）貞：兹𣎆云不其雨。
合集	13393		（1）………不其雨。 （2）兹云雨。

合集	13446（《合補》3733、《合補》13227）		（1）……丁亥雨。 （2）……不其雨。戊陰，不雨。
合集	13648 正+《乙補》4668+無號甲+《乙補》4670+《乙補》4651【《醉》306】		（5）（庚辰卜，㱿，）貞：來庚寅其雨。 （6）（庚辰卜，㱿，貞：來庚寅）不其雨。
合集	13793 反		（2）翌戊子雨。 （3）……不其雨。
合集	13869		（4）己酉卜，不其雨。 （5）……夕允雨。
合集	14042 反+《合補》1008+《合補》385【《甲拼》323】		……今不其雨……
合集	14128 正		（14）貞：不其雨。
合集	14527 正		（2）不其〔雨〕。 （3）翌丁□不其〔雨〕。
合集	14572 正		（4）今日庚申其雨。 （5）庚申不其雨。
合集	14572 反		（3）王固曰：不其雨。
合集	14684		（1）□申卜，亘，〔貞〕：今日不其雨。
合集	14721 正		（4）貞：自今至于戊寅不其雨。
合集	16454 反		（2）不其雨。
合集	16497+《乙》3135+《乙》3137+《乙補》2751+《乙補》2752+《乙補》3220【《契》237】		（1）……夕雨。 （2）今夕不其雨。
合集	20149 反	此片應為正	癸酉卜，不其雨。

合集	20398		（2）戊寅卜，于癸舞，雨不。 （3）辛巳卜，取岳，比雨。不比。三月。 （4）乙酉卜，于丙桒岳，比。用。不雨。 （7）乙未卜，其雨丁不。四月。 （8）以未卜，翌丁不其雨。允不。 （10）辛丑卜，桒𤔲，比。甲辰陷，雨小。四月。
合集	20904		乙酉卜，不其雨。允不，隹〔丁〕。
合集	20905		〔貞〕：今日不其雨，允不。
合集	20927		（1）癸丑卜，甲寅不其雨，允…… （2）癸……其雨。
合集	20972		〔弜〕舞，今日不其雨，允不。
合集	21022		（4）……云其雨，不雨。 （5）各云不其雨，允不攺。 （6）己酉卜，令其雨印，不雨，𤰔攺。
合集	21052		（1）癸酉卜，自今至丁丑其雨不。 （2）自今至丁丑不其雨，允不。
合集	22385		（1）□卯〔雨〕。 （2）癸丑卜，不其〔雨〕。
合集	24180		（2）……不其〔雨〕。
合集	24185		（3）貞：不其雨。
合集	24710		貞：不其雨。才五月。
合集	24711		貞：不其雨。才五月。
合集	24712		貞：不其雨。五月。

合集	24713（《合集》24737）		（1）貞：今日雨。 （2）貞：不其雨。才五月。
合集	24714		（1）戊午卜，尹，貞：今日雨。 （2）貞：不其雨。才五月。
合集	24715		貞：不其雨。才七月。
合集	24716		貞：不其雨。才八月。
合集	24718		（1）貞：不其雨。 （2）丁酉卜，出，貞：五日雨。 （3）辛丑卜，出，貞：自五日雨。 （4）不雨。
合集	24719		（2）貞：不其雨。
合集	24720		貞：不其雨。
合集	24721		（1）貞：不其雨。
合集	24722		貞：不其雨。
合集	24723		（1）貞：不其雨。 （2）〔辛〕丑卜，貞：今夕〔其雨〕。
合集	24724		（1）貞：不其雨。 （2）貞……雨。
合集	24725		貞：不其雨。
合集	24726		貞：不其雨。
合集	24727		……不其雨。
合集	24728		（1）……不其雨。

合集	24758		（1）己亥卜，貞：今日其雨。 （2）貞：不其雨。
合集	24761		貞：今日不其雨。
合集	24780		（1）□酉卜，即，〔貞〕：今夕〔其〕雨。 （2）貞：不其雨。
合集	24781		（1）貞：今夕不其雨。 （2）貞：今夕雨。 （3）……雨。
合集	24857		（1）貞：今夕不其雨。 （2）……其雨。
合集	24858		貞：今夕不其雨。
合集	24920		（1）貞：不其雨。三月。
合集	29943	另有數字為習刻，不成文句	貞：今夕不其〔雨〕。
合集	29951		貞：今夕不其雨。
合集	31547+31548+31582【《合補》9563】		（5）貞：今夕攺，不雨。 （6）貞：今夕其不攺。雨。 （11）貞：今夕攺，不雨。 （12）〔貞〕：今夕〔不〕其攺，不雨。 （17）貞：今夕不雨。 （18）……雨。 （22）貞：今夕其雨。 （23）貞：今夕不其雨。

			（24）貞：今夕取岳，雨。 （25）貞：今夕其雨。 （27）貞：今夕其雨。 （28）……夕……雨。
合集	33433+33869【《合補》10598】		（1）不〔其〕雨。 （2）乙丑，貞：今日乙不雨。 （3）其雨。 （4）不雨。
合集	33806		貞：不其雨。
合集	33812		不其雨。
合集	33890（《中科院》1549）		（1）□□，貞：不其〔雨〕。 （2）乙卯〔卜〕，貞：今日雨。二月。 （3）……〔不〕雨。〔註8〕
合集	40265		（1）貞：今日其雨。 （2）貞：今日不其雨。
合集	40266（《英藏》1052）		（1）貞：雨。 （2）不其雨。
合集	40267		辛丑卜，殻，貞：不其雨。
合集	40268		貞：不其雨。
合集	40269		（1）貞：不其雨。 （2）□雨。

〔註8〕（3）辭「雨」左側為「不」之殘筆，《合集》釋為「未」，今據《中科院》照片正之。

合集	40270	「雨」字有缺刻	貞：不其雨。
合集	40271		〔貞〕：不其雨。
合集	40272		（1）□午卜，貞：今日雨。 （2）貞：不其雨。
合集	40273	「巳」字有缺刻	（1）貞：今己巳不其雨。
合集	40302（《英藏》1011 正）	（2）塗朱	（2）貞：自今至于庚戌不其雨。 （3）貞：生十二月不其雨。
合集	41104		貞：今〔夕〕不其雨。
合集	41105		貞：今夕不其〔雨〕。
合集	40514 反（《英藏》1250 反）		（1）丁卯卜，亘，貞：雨。 （2）不其雨。
合集	41546（《英藏》2309）		（2）王其田，以万，不雨。吉 （3）……以……〔不〕其雨。吉

（五）不其·雨

著　錄	編號／【綴合】／（重見）	備　註	卜　辭
合集	223 正（《合集》16248）		（8）貞：不其亦雨。
合集	1330		（5）貞：不其䖒雨。 （6）䖒雨。
合集	3286+4570【《合補》495 正、《綴彙》9】		（4）今丙午不其征雨。 （6）貞：今丙午征雨。
合集	3814+14295+《乙》4872+13034+13485+《乙》5012【《醉》73】		（1）辛亥，內，貞：今一月帝令雨。四日甲寅夕乙卯，帝允令雨。

			（2）辛亥卜，內，貞：今一月帝不其令雨。 （3）辛亥卜，內，貞：帝于北方曰夗，風曰役，𠦪年。一月。 （4）辛亥卜，內，貞：帝于南方曰髟，風夷，𠦪年。 （5）貞：帝于北方曰夗，風曰役，𠦪年。 （6）貞：帝于東方曰析，風曰旮，𠦪年。 （7）貞：帝于西方曰析，風曰彝，風曰韋，𠦪年。
合集	4566		（2）貞：不其征雨。 （3）貞：征雨。
合集	5658 正		（10）丙寅卜，爭，貞：今十一月帝令雨。 （11）貞：今十一月帝不其令雨。 （14）不征雨。
合集	6037 反		（1）翌庚其明雨。 （2）不其明雨。 （3）〔王〕固曰：易日，其明雨，不其夕〔雨〕小。 （4）王固曰：其雨。乙丑夕雨小，丙寅喪，雨多，丁……
合集	6589 正		（6）貞：不亦𠧟雨。 （7）貞：其亦𠧟雨。
合集	8001 正		（3）貞：今日不其征雨。 （4）〔貞〕：今日□雨。
合集	8803		（2）貞：征雨。 （3）〔貞〕：不〔其〕征〔雨〕。
合集	10976 正		（7）辛未卜，爭，貞：生八月帝令多雨。 （8）貞：生八月帝不其令多雨。 （12）丁酉雨至于甲寅旬㞢八日。〔九〕月。

合集	11553+《乙補》6782【《醉》93】		（1）……今二月帝不其令〔雨〕。
合集	12501		貞：生一月不其多〔雨〕。
合集	12543		……三月不其多〔雨〕。
合集	12576		（1）貞：今夕不其征雨。 （2）貞：今夕雨。五月。
合集	12628		（1）丙午卜，韋，貞：生十月雨其隹霝。 （2）丙午卜，韋，貞：生十月不其霝雨。
合集	12658		（2）貞：征雨。 （3）貞：不其征雨。 （4）貞：亦盧雨。 （5）貞：不亦盧雨。 （6）貞：亦盧雨。
合集	12665（《合補》3807）		（1）貞：不其盧雨。
合集	12666		（2）貞：不其盧雨。
合集	12712		貞：今夕不其小雨。
合集	12727		貞：今夕不其亦雨。
合集	12730		庚辰〔卜〕，貞：今□不其〔亦〕雨。
合集	12762（《旅順》604）+《合補》3792【《契》59】	塗朱	（2）……貞：其征雨。王……〔註9〕 （3）……其征雨。
合集	12766		（1）貞：征雨。 （2）不其征雨。

〔註9〕據《旅順》補「王」字。

合集	12789		貞：今夕不其祉雨。
合集	12793		貞：不其祉雨。
合集	12794 正		貞：不其祉雨。
合集	12795		（1）貞：不其祉雨。
合集	12796		（2）〔貞〕：不其祉〔雨〕。
合集	12797		（1）貞：不其祉雨。
合集	12798		（1）貞：不其祉雨。
合集	12799		貞：不其祉雨。
合集	12800		（1）□□〔卜〕，盧，〔貞〕……日……雨。 （2）□□卜，盧，〔貞〕……其祉〔雨〕。 （3）貞：不其祉〔雨〕。
合集	12801 正		（1）不其亦祉雨。
合集	12802 反		（2）不其祉雨。
合集	6366+12803（《合補》3787）【《甲拼續》423】		（1）不其祉雨。
合集	12804 反		（1）不其祉雨。
合集	12998 正		（1）貞：不其夕雨。
合集	14115+14116【《甲拼》44】		（1）壬申卜，多冒舞，不其从雨。
合集	14129 正+《合補》3399 正+《乙補》4950【《醉》169】		（3）壬申卜，岀，貞：帝令雨。
合集	14129 反+《合補》3399 反+《乙補》4951【《醉》169】		（5）貞：帝不其令雨。
合集	14135 正		（1）貞：今二月帝不其令雨。
合集	14144		〔貞〕：帝不〔其令雨〕。

合集	14148		（1）□戌卜，爭，貞：自〔今〕至于庚寅帝令雨。 （2）自今至于庚寅帝不其令雨。
合集	14152		……帝〔不〕其〔令雨〕。
合集	14155		癸丑卜，𡆥，貞：今日帝不其〔令雨〕。
合集	14346		（1）〔貞〕：不其𢓊雨。
合集	14393 反		（1）……𡆥土，不其介雨。
合集	14468 正		（2）貞：取岳，㞢雨。 （3）取，亡其雨。 （4）貞：〔其亦〕𥁕雨。 （5）不其亦雨。
合集	16248 +39773 正（《英藏》362 正）		（8）貞：不其亦雨。
合集	30165		貞：不其𢓊雨。

（五）不・蓐雨

著　錄	編號／【綴合】／（重見）	備　註	卜　辭
合集	1972		……酚匚于丁，不蓐雨。
合集	3250		丙子卜，貞：多子其𢓊𡆥疒，不蓐大雨。
合集	5250		（1）貞：王𡧊叀吉，不蓐雨。 （2）〔貞〕：王𡧊〔叀吉，不〕蓐〔雨〕。
合集	7897+14591【《契》195】		（1）癸亥卜，爭，貞：翌辛未王其酚河，不雨。 （3）乙亥〔卜，爭〕，貞：其〔奏〕㽞，衣，〔至〕于亘，不蓐雨。十一月。才甫魚。 （4）貞：今日其雨。十一月。才甫魚。

合集	12570		（1）丙寅卜，充，貞：翌丁卯王其交，不〔菁〕雨。 （2）貞：其菁雨。五月。
合集	12571		（1）貞：不菁雨。 （2）貞：其菁〔雨〕。 （3）貞：其雨。五月。
合集	12572		（1）……酢桒于河，不菁雨……五月。
合集	12598		（1）貞：今日其大雨。七月。 （2）不菁〔雨〕。
合集	12611		戊子卜，□，貞：今日其庴，不菁雨。八月。
合集	12741（《旅順》110）		辛亥〔卜〕，□，貞：王其〔學〕，衣，不遘雨。之日，王學，允衣，不菁雨。
合集	12742		（2）不菁雨。
合集	14629		□□卜，充〔貞〕：王其……河新……不菁〔雨〕。
合集	28515+《安明》1952+30144【《契》116】		（1）戊辰卜：今日戊，王其田，湄日亡𢦔，不……大吉 （2）弜田，其每，遘大雨。 （3）……湄日亡𢦔，不遘大雨。 （4）其獸，湄日亡𢦔，不遘大雨……吉
合集	24501		（1）丁丑卜，〔王〕曰，貞：翌戊〔寅〕其田，亡災。往，不菁雨。
合集	24879		（1）□酉卜，逐，貞：王室歲不菁大雨。 （2）貞：其菁雨。
合集	24880		□辰卜，兄，〔貞〕：今日祉，兹〔不〕菁大雨。

合集	24882		（1）甲午卜，□，貞：翌乙〔未〕不冓雨。 （2）貞：其冓雨。一月。
合集	24883		（1）乙卯卜，出，貞：王賓龠不冓雨。
合集	24884		壬辰卜，貞：王賓丁不冓雨。
合集	24885		壬寅卜，□，貞：告歲不冓雨。
合集	24887		（1）乙□〔卜〕，貞：王……不冓〔雨〕。之一允…… （2）……雨。
合集	24888		（1）貞：不冓雨。
合集	24890		□□〔卜〕，大，貞：不冓雨。
合集	24891		丁酉卜，大，貞：〔王〕賓丁不冓雨。
合集	24895		貞：衣入不〔冓〕雨。
合集	27000		（1）王其各于大乙𠂤伐，不冓雨。 （2）不雨。吉　茲用
合集	27081		乙丑卜，何，貞：王賓匚乙祭，不冓〔雨〕。
合集	27102		（1）大乙歲，王其鄉，不冓雨。吉　茲□ （2）其冓〔雨〕。
合集	27146		（8）己巳卜，狄，貞：王其田，不冓雨。 （9）己巳卜，狄，貞：王冓雨。 （20）戊寅卜，貞：王其田，不雨。
合集	27152		乙亥卜，何，貞：賓唐𣪘，不冓雨。七月。吉
合集	27153		（2）乙亥卜，何，貞：王賓𠂤歲，不冓雨。
合集	27382		（1）辛酉卜，壴，貞：王賓䙴𠬪隹吉，不冓雨。

合集	27830		（2）貞：王宊**叀**吉，不冓雨。
合集	27831		（2）□□卜，何，〔貞〕：王**叀**宊〔吉，不冓雨〕。
合集	27832		（2）己亥卜，何，貞：宊**叀**吉，不冓雨。
合集	27835		（1）壬申卜，〔貞〕：王宊〔**叀**吉〕，不〔冓雨〕。
合集	27840		貞：王宊**叀**吉，不冓雨。
合集	27856		□□卜，何，貞：〔王宊**叀**〕吉，不〔冓〕雨。四月。
合集	27857		（1）□□〔卜〕，何，貞：王〔宊**叀**〕吉，不〔冓〕雨。 （2）□□卜，何，貞：宊……雨。 （3）貞：王……冓〔雨〕。
合集	27857+27869【《甲拼續》406】		（1）丙辰卜，何，貞：王宊**叀**吉，不冓雨。 （2）□□卜，何，貞：宊〔**叀**吉〕……雨。 （3）……貞：王……冓〔雨〕。
合集	27858		□巳卜，□，〔貞〕：王宊**叀**〔吉〕，不冓〔雨〕。
合集	27860		乙卯卜，貞：王〔**叀**〕吉，不〔冓雨〕。
合集	27861+27862+27863+27864【《合補》9539、《綴彙》899】		（1）丙寅卜，彘，貞：王往，于夕福，不遘雨。宊**叀**吉。 （2）……宊**叀**吉，往于夕福，允不遘雨。四月。 （3）丁卯卜，何，貞：王往于夕福，不遘雨。允衣不遘。 （4）貞：王往于夕福，不冓雨。宊**叀**吉。 （5）己巳卜，何，貞：王往于日，不冓雨，宊**叀**吉。允雨不冓。四月。 （6）……允不冓雨。四月。 （7）……何，貞……往于夕……冓雨。 （8）……不冓雨，往于夕福。允不冓雨。四月。

合集	27865		戊寅卜，何，貞：王往，于夕禣，不冓雨。才五月。
合集	27866		（1）丁卯卜，㱿，貞：王往，于彳，不冓雨。 （2）丁卯卜，何，貞：王宋叀吉，不冓雨。
合集	27867		（1）庚午卜，何，貞：王往，于日，不冓雨，宋叀吉。
合集	27868		□□卜，何，〔貞：王〕往，于〔日〕，〔不冓雨〕，宋叀〔吉〕。
合集	27869		丙辰卜，□，〔貞：王〕宋叀〔吉，不〕冓〔雨〕。
合集	27872		（1）□□卜，何，〔貞：王〕往于□，〔王宋〕叀〔吉〕，不冓雨。
合集	27873		□□卜，何，〔貞：于〕往，于□，不冓雨。〔宋叀吉〕。
合集	27874		□□〔卜〕，専，〔貞〕……往，于□，不冓雨。
合集	27928		（2）貞：不冓雨。
合集	27941		（3）……不冓〔雨〕。
合集	27949		（1）今日辛亥，馬其先，不遘大〔雨〕。
合集	27953		（2）其先馬，不〔遘〕雨。
合集	28347		（3）王其田斿，不冓大雨。
合集	28491		乙丑卜，狄，貞：今日乙王其田，湄日亡災，不遘大雨。大吉
合集	28512		（1）……王其田，湄日亡𢦔，不冓雨
合集	28513（《合集》30112）+38632【《醉》277】		（3）王其田，湄日不冓雨。 （4）〔其〕冓雨。
合集	28514		（2）戊王其田，湄日不冓大雨。 （3）其冓大雨。

合集	28515		（2）……不冓大雨。
合集	28516		壬王其田，湄日不遘大雨。
合集	28517		壬辰〔卜〕，貞：今〔日〕□〔王其田〕，湄日不〔遘〕大〔雨〕。吉
合集	28533+《安明》2096【《合補》9533、《綴彙》32】		（1）王其田，不冓雨。 （2）其冓雨。
合集	28534		（1）王其田，不冓雨。 （2）其冓雨。
合集	28535		□□卜，今日戊王其田，不冓雨。茲允不〔冓雨〕。
合集	28536		（2）……冓雨……匕，𢆶……𢦏。 （3）戊王其田，不冓雨。
合集	28537		（1）〔翌〕日戊王其田，不冓雨。
合集	28539		（1）辛……允大〔雨〕。 （2）今日辛王其田，不冓雨。 （3）其冓雨。 （4）壬子其田，雨。 （5）……雨。
合集	28540		（1）叀今日田，辛不冓雨。
合集	28541		（2）……日王其田，至□不遘雨。
合集	28543		（2）其雨。 （3）丁巳卜，翌日戊王其田，不冓大〔雨〕。 （4）其冓大雨。 （5）不冓小雨。

合集	28543+《英藏》2342【《甲拼》176】		（1）不蕫小雨。 （2）其雨。 （3）丁巳卜，翌日戊王其田，不蕫大雨。 （4）其蕫大雨。 （5）不蕫小雨。
合集	28545		今日壬王其田，不遘不雨。大吉　吉
合集	28546+30148【《醉》278】		（1）丁至庚，不遘小雨。大吉 （2）丁至庚，不遘小雨。吉　茲用。小雨。 （3）辛王其田至壬不雨。吉 （4）辛至壬，其遘大雨。 （5）……茲……又大雨。
合集	28547		（2）不遘不雨。
合集	28547+28973【《甲拼》224】		（2）不遘小雨。 （3）翌日壬王□省喪田，枫不遘大雨。 （4）其暮不遘大雨。
合集	28576		（2）不蕫〔雨〕。
合集	28625+29907+30137【《合補》9534、《甲拼》172】	（1）「田」字缺刻橫劃。	（1）王其省田，不蕫大雨。 （2）不蕫小雨。 （3）其蕫大雨。 （4）其蕫小雨。 （5）今日庚湄日至昏不雨。 （6）今日其雨。
合集	28633		（1）于丁〔王〕省田，亡戋，〔不〕蕫〔雨〕。 （2）于辛省田，亡戋，不蕫雨。

合集	28645		王叀田省，湄日亡𢦏，不冓大雨。
合集	28688+《合補》9142【《甲拼續》368】		（3）不〔冓〕雨。
合集	28990		（2）叀喪田省，不〔遘〕大雨。
合集	28992		（1）不遘雨。吉 （2）叀喪田省，遘雨。吉 （3）不遘雨。 （4）雨。
合集	28993		（2）弜省宮田，其雨。 （3）叀喪田省，不雨。 （4）弜省喪田，其雨。 （5）……王其□虞田□，入，亡〔𢦏〕，不冓大雨。
合集	29005		（2）王叀喪省，王𢦏，不冓雨。 （3）……省……雨。
合集	29084		（6）丁丑卜，狄，貞：其遘雨。 （7）丁丑卜，狄，貞：王田，不遘雨。
合集	29142		（2）不遘雨。
合集	29157		（1）辛亥卜，王其省田，叀宮，不冓雨。 （2）叀盂田省，不冓大雨。 （3）叀宮田省，湄亡𢦏，不冓大雨。
合集	29173		（1）叀宮田省，不冓大雨。 （2）……省……雨。
合集	29248+28678【《甲拼》168】		（4）王弜泚，其雨。 （5）王叀宰田，不冓雨。吉

合集	29253		（1）王叀宰田，亡戋，不冓〔雨〕。 （2）弜田宰，其雨。
合集	29298+29373【《契》112】		（2）其遘大雨。 （3）戊，王其田虞，不遘小雨。
合集	29335		（3）翌日辛王其田，不冓雨。
合集	29352		（2）田襄，湄日亡戋，不冓雨。大吉
合集	29377		叀𠂤田省，不遘雨。大吉　吉
合集	29380		貞：叀門田，不〔遘〕雨。
合集	29804		其𤆍于之，廼不冓雨。
合集	29807		（2）其冓雨。 （3）其𤆍不冓雨。
合集	30021		（2）叀大雨。 （3）〔不〕冓雨。
合集	30069		不冓小雨。
合集	30082		（1）于壬不冓雨。 （2）其冓雨。 （3）〔不〕冓雨。
合集	30095		不冓〔雨〕。
合集	30097		（1）不遘雨。 （2）其遘雨。
合集	30098		（1）不遘〔雨〕 （2）其遘雨。

合集	30104		（1）其遘雨。 （2）今夕不遘雨。 （3）今夕其〔遘雨〕。
合集	30106		戊寅卜，叀，貞：王不冓雨。
合集	30107		壬辰卜，何，貞：王不冓雨。七月。
合集	30108		壬辰卜，何，貞：王不〔冓〕雨。
合集	30109		癸巳卜，何，貞：王不冓雨。七月。
合集	30110		（1）□〔午〕卜，何，貞：王不冓〔雨〕。 （2）允不冓雨。
合集	30111		（1）王其弋，不冓雨。吉不。
合集	30114		（1）□巳卜，王〔往〕……不冓雨。
合集	30115		□□〔卜〕，何，〔貞〕：王宊，不冓〔雨〕。
合集	30116		（1）貞：王不冓雨。 （2）貞……冓〔雨〕。
合集	30117		□□〔卜〕，何，貞：翌……王不冓雨。
合集	30118		（1）不冓雨。 （3）允〔雨〕。
合集	30119		不冓雨。
合集	30120		（1）不冓雨。至辛不雨。
合集	30121		（1）貞：不冓雨。 （2）……不冓〔雨〕。
合集	30122		（1）叀亞戦□，田省，征〔往〕于向，亡戋。永〔王〕，不冓雨。

合集	30123		（1）□丑卜，彭，〔貞〕：不冓雨。
合集	30124		不冓雨。
合集	30126		不冓雨。吉
合集	30127		（2）不遘雨。 （3）□遘〔雨〕。
合集	30128		（2）不遘雨。
合集	30129		□申卜，貞：戊不遘雨。
合集	30130		（1）不遘大雨。 （2）其遘大雨。
合集	30131		（2）万其桒，不遘大雨。 （3）其遘大雨。
合集	30133		（3）不冓大雨。 （4）其冓大雨。 （5）不冓小雨。 （6）其雨。
合集	30136		（1）王……日〔不冓〕大〔雨〕。 （2）其冓大雨。
合集	30142+28919【《甲拼三》685】		（1）庚午卜，翌日辛亥其乍，不遘大雨。吉 （2）其遘大雨。 （8）不雨。
合集	30143		辛酉卜，丁卯不遘大雨。
合集	30145		（2）不冓大雨。

合集	30146		（2）不冓大雨。 （3）……小雨。
合集	30147		叀壬不冓雨。
合集	30268		（1）不遘雨，启。 （3）……雨……亡〔戋〕。
合集	30528		（1）癸亥卜，□，貞：王□田，𬺰叀吉，不冓雨。 （2）乙丑卜，何，貞：王𬺰叀吉，不冓雨。 （3）乙丑卜，何，貞：王室𭈊，不冓雨，𬺰叀吉。 （4）乙丑卜，何，貞：王室𭈊，𬺰叀吉，不冓〔雨〕。
合集	30529		癸巳卜，何，貞：王穷甲𭈊禣，不冓雨。
合集	30531		乙卯卜，何，貞：王室𠃌歲，不冓雨。
合集	30532		乙卯卜，□，貞：王室𠃌歲，不冓雨。
合集	32108+33584+35160【《甲拼》204】		（5）不冓雨。
合集	32144		（3）不冓〔雨〕。
合集	32166+34095【《綴彙》16】		（9）丁亥，貞：餗，不冓雨。
合集	32264		（1）伐，不冓雨。 （2）其雨。茲雨。
合集	32327		（2）又匚于上甲，不冓雨。 （3）其雨。
合集	32329 正		（2）上甲不冓雨，大乙不冓雨，大丁冓雨。茲用 （3）庚申，貞：今來甲子彡，王大𢀛于大甲，㐭六十小宰，卯九牛，不冓雨。
合集	32410		（2）〔甲寅〕，貞：□𠃌歲大乙，〔不〕冓雨。

合集	32428		（1）其雨。 （2）不冓雨。 （3）其雨。
合集	32429		（2）不冓雨。
合集	32462		丙申卜，又歲于大丁，不冓〔雨〕。
合集	32464		（4）不冓雨。
合集	32488		（4）不冓雨。 （5）其雨。 （6）其雨。 （8）不冓雨。
合集	32489		（2）不冓雨。 （3）其雨。 （4）其雨。
合集	32499		（1）其雨。 （3）不冓雨。 （4）其雨。
合集	32544+32643【《甲拼》206】		（4）不冓雨。 （5）冓雨。
合集	32625		（6）不冓雨。 （7）其冓雨。 （8）不冓雨。 （9）其冓雨。
合集	32690		（3）不冓雨。

合集	33448		（3）不冓雨。
合集	33456		（1）戊辰，王其田，至庚不冓雨。 （2）其冓雨。吉
合集	33513		（1）王其田，不冓雨。 （2）冓雨。
合集	33533		（1）辛王弜田，其雨。 （2）壬王弜田，其雨。 （3）……盂……湄日亡戋，不冓雨。
合集	33924		（1）不冓雨。
合集	33927+34349+33576【《醉》245】		（1）不冓雨。 （2）其雨。
合集	33929		（2）不冓雨。
合集	33930		（1）不冓〔雨〕。 （2）其〔冓雨〕。 （3）不冓雨。
合集	33931		不冓雨。
合集	33932		（2）不冓雨。
合集	33933		（5）不冓雨。
合集	33934（《合補》10616）		（1）不冓雨。 （2）其雨。
合集	33935（《合補》10582）		（1）不〔冓〕雨。 （2）其雨。
合集	33936		不冓雨。

合集	33937		（2）不菁雨。 （3）其雨。
合集	33938		（1）弜祉〔雨〕。 （2）不菁雨。
合集	33939		（1）不菁雨。 （2）其雨。
合集	33940		（1）不菁雨。 （2）其雨。
合集	33941		（1）不菁雨。 （2）其雨。
合集	34152		（3）甲辰，貞：祖歲，不菁雨。
合集	34208		（5）岳尞，〔不〕菁〔雨〕。
合集	34213		（2）岳尞，不菁雨。 （3）其雨。 （4）其雨。
合集	34533		（2）庚申，貞：今來甲子酌，王不菁雨。
合集	36630		□未卜，才䨺，貞：王步于□，不遘〔雨〕。
合集	38196+38205（《合補》11652）+36739【《綴彙》293】		（3）丁巳卜，貞：今日王其迻于喪，不遘大雨。
合集	37645		（2）戊辰卜，貞：今日王田渋，不遘大雨。 （3）其遘大雨。 （4）□□卜，貞：〔王〕田渋……大雨。
合集	37646		戊辰卜，才𦎫，貞：王田渋，不遘大雨。茲卬。才九月。

合集	37647		(1) 乙丑〔卜〕，貞：今〔日王田〕☐，不雨。〔茲〕卬。 (2) 其雨。 (3) 戊辰卜，貞：今日王田𦎫，不遘雨。 (4) 其遘雨。 (5) 壬申卜，貞：今日不雨。
合集	37669+38156【《綴續》431】		(1) 戊戌〔卜〕，〔貞〕：不遘〔雨〕。 (2) 其遘雨。 (3) 壬午卜，貞：今日王田書，湄日不遘〔雨〕。 (4) 其遘雨。 (5) 乙巳卜，貞：今日不雨。
合集	37671		(3) 壬午卜，今日王田書，不遘雨。 (4) 其遘雨。 (5) ……雨。
合集	37714		(2) 其遘雨。 (3) 戊辰卜，貞：今日王田書，湄日不遘雨。 (4) ……雨。
合集	37727		(1) 其雨。 (2) 戊申卜，貞：王田磬，不遘雨。茲卬。 (3) 其遘雨。
合集	37728		(1) 其〔雨〕。 (2) 戊申卜，貞：今日王田磬，不遘雨。 (3) 其遘雨。 (4) 辛亥卜，貞：今日王田書，湄日不遘〔雨〕。 (5) 不遘雨。

合集	37742		(1) 其雨。 (2) 戊申卜，貞：今日王田𢀛，不遘雨。茲卬。 (3) □遘〔雨〕。
合集	37744		(1) 其雨。 (2) □□卜，貞：〔王〕田𢀛，不遘大雨。
合集	37777		(1) 辛酉卜，貞：今日王其田𣏟，不遘大〔雨〕。 (2) 其遘大雨。
合集	37786		(1) 乙未卜，貞：今日不雨。茲卬。 (2) 其雨。 (3) □戌卜，貞：今日〔王〕其田澫，不遘雨。
合集	37787		(1) 戊寅卜，貞：今日王其田湨，不遘雨。茲卬。 (2)〔其遘〕大〔雨〕。
合集	37795		(1) 壬戌卜，貞：今日王田□，不遘〔雨〕。 (2) 其遘雨。
合集	37829		□□〔卜〕,〔貞〕: 王田□，〔不遘〕雨。
合集	38172		□□〔卜〕，貞：翌日戊王……不遘大雨。
合集	38177		(1)丙子卜，貞：翌日丁丑王其還旅，徝达，不遘大雨。茲卬。
合集	38178		(1) 甲辰卜，貞：翌日乙王其宓，宜于𦎫，衣，不遘雨。 (2) 其遘雨。 (3) 辛巳卜，貞：今日不雨。
合集	38198+《珠》442【《甲拼三》744】		(1) 丁亥〔卜〕，貞……不遘……雨…… (2) 庚寅〔卜〕，貞……雨…… (3) 辛卯〔卜〕,〔貞〕: 今日王其〔田〕，不遘〔雨〕。

			(4)……遘……雨……。〔茲〕卬。 (5)□□卜，貞：今夕……翌日……霎……雨。 (6)戊戌卜，貞：今日霎。 (7)辛丑卜，貞：今日霎。
合集	38231		……鄉……于賁……北宗，不〔遘〕大雨。
合集	40311（《英藏》2086）		(1)□出〔王〕戚不蕭雨。不蕭。
合集	40312		(1)貞：不蕭雨。
合集	40313（《旅順》1339）	塗朱	乙未……貞：王〔宓〕唐□，不遘〔雨〕。〔註10〕
合集	40939（《英藏》1933）		(1)丙子卜，〔行〕，貞：翌丁亥翌大丁不蕭雨。才三月。 (2)貞：其雨。才三月。 (3)□□卜，行，〔貞〕……乙亥……大丁不〔蕭雨〕……〔才〕三月。
合集	41339		乙亥卜，何，貞：王不蕭雨。
合集	41402		(1)不遘大雨。 (2)其遘大雨。
合集	41514		(1)王其淒，湄日不蕭大雨。 (2)……雨。
合集	41568		〔王〕其田𢦏，不蕭雨。
合集	41593		(1)不蕭雨。 (2)……雨。
合集	41594		不蕭雨。

〔註10〕釋文據《旅順》。

合集	41866（《英藏》2567）		（2）壬申卜，才盉，今日不雨。 （3）其雨。茲卬。 （4）□寅卜，貞：〔今〕日戊王〔田〕夒，不遘大雨。

（六）不酚・雨

著　錄	編號／【綴合】／（重見）	備　註	卜　辭
合集	896 正		丁未卜，穷，〔貞：來〕甲寅酚〔大〕甲十伐㞢五，卯十宰。八日甲寅不酚，雨。
合集	903 正		（3）乙卯卜，㱿，貞：來乙亥酚下乙十伐㞢五，卯十宰。二旬㞢一日乙亥不酚，雨。五月。
合集	12816		（1）乙亥不〔酚雨〕。

（七）不……雨

著　錄	編號／【綴合】／（重見）	備　註	卜　辭
合集	1558+13385【《契》39】		（1）貞……不……雨。 （3）貞：茲云其雨。
合集	12539		（1）庚□卜，〔貞〕：今□雨。 （2）貞：不□雨。三月。
合集	19778		□□卜，𠂇，不其……雨□印，征雨執。
合集	24683		（2）□□〔卜〕，出，貞……不……雨。
合集	24867		□□〔卜〕，出，〔貞〕……巫不……大雨。
合集	24889		（1）丁巳……不……雨。 （2）……〔雨〕。六月。

合集	40239（《英藏》1024）		今日不至……庚雨。
合集	40274		（2）□申不其□雨。
合集	41868（《英藏》2590）		乙酉卜，〔貞〕：今日不……茲卬……雨。

（八）其不雨

著　錄	編號／【綴合】／（重見）	備　註	卜　辭
合集	2478+《乙》4103【《合補》3644】		（5）〔岳〕其〔不〕雨。
合集	13003+13004【《合補》3654】		（1）辛巳卜，貞：卜其雨。 （2）貞：卜不雨。

（九）卜不雨

著　錄	編號／【綴合】／（重見）	備　註	卜　辭
合集	13003+13004【《合補》3654】		（1）辛巳卜，貞：卜其雨。 （2）貞：卜不雨。

（十）其他

著　錄	編號／【綴合】／（重見）	備　註	卜　辭
合集	12674		今不雨疾。
合集	12540		貞：叀不以，雨。三月。
合集	13021（《合集》20546）		（2）□巳卜，王，壬申不誰雨。二月。
合集	20757		（1）己亥卜，不歪，雨戰奴印。
合集	20421		（2）戊申卜，今日方征不。昃雨自北。
合集	21935		甲午卜，不誰生合，癸雨。

合集	33919		（1）甲□〔卜〕，今日〔雨〕小，不□。 （2）其雨。
合集	34121		（3）不丁雨。 （4）戊雨。

四、弗雨

（一）弗・雨

著　錄	編號／【綴合】／（重見）	備　註	卜　辭
合集	3898 正+12417 正+14620（《合補》3635、部份重見《合補》3278 正）		（1）庚申卜，永，貞：翌辛酉雨。 （2）庚申卜，永，貞：翌辛酉不其雨。 （3）……貞：弗……雨。 （4）庚申卜，永，貞：河壱雨。 （5）貞：河弗壱雨。
合集	11982		（2）弗雨。
合集	12691（《蘇德美日》《德》51）+40416（《合補》4103）		（5）岳其从雨。 （6）弗从雨。
合集	20901+20953+20960 部份【《綴續》499】		（1）庚午卜，□，日雨。 （2）庚午卜，□，曰：弗羞雨。允多□。 （3）吼夕雨
合集	33294		（2）弗壱〔雨〕。
合集	41452		弗雨。
合補	10353		……己亥雨，弗遘大□，□永。

屯南	0644		（1）丙寅，貞：岳壱雨。 （2）弗壱雨。 （3）戊辰，貞：雨。 （4）戊不雨。 （6）不雨。 （7）壬申，貞：雨。 （8）壬不雨。
村中南	477		（3）丙子卜：隹□壱雨？ （4）弗壱雨？

（二）弗及・雨

著　錄	編號／【綴合】／（重見）	備　註	卜　辭
合集	9608 正		（3）貞：及今四月雨。 （4）弗其及今四月雨。其……
合集	12160		（1）壬寅卜，今夕雨。 （2）貞：弗其及今夕雨。
合集	12510		貞：弗其及今二月雨。
合集	12531		貞：弗其及今三月雨。
合集	12617 正		（1）庚戌卜，弗其及今九月雨。
合集	12627		（4）貞：弗其及今十月雨。 （5）及今〔十月〕雨。
合集	14138		（1）戊子卜，㱿，貞：帝及四月令雨。 （2）貞：帝弗其及四月令雨。 （3）王占曰：丁雨，不叀辛。旬丁酉允雨。

合集	28085		（3）弗及，茲夕又大雨。
合集	33273+41660（《合補》10639）【《綴彙》4】		（5）戊辰卜，及今夕雨。 （6）弗及今夕雨。 （7）癸酉卜，又𡆥于于六云，五豖卯五羊。 （9）𡆥于岳，亡从才雨。 （11）癸酉卜，又𡆥于六云，六豖卯六羊。 （15）隹其雨。 （18）庚午，𡆥于岳，又从才雨。 （20）今日雨。
屯南	1062		（2）丙寅，貞：又于[illegible]𡆥小宰，卯牛一。茲用。不雨。 （8）戊辰〔卜〕，及今夕雨。 （9）弗及今夕雨。
屯南	4334		（3）又大雨。吉 （4）亡大雨。 （5）及茲夕又大〔雨〕。吉 （6）弗及茲夕又大雨。吉
愛米塔什	177（《劉》75）	劉 075	（2）戊寅卜，妥，弗今夕雨。

（三）弗每・雨

著 錄	編號／【綴合】／（重見）	備　註	卜　辭
合集	27310		（2）弜以万。茲用。雨。 （5）……至……弗每，不雨。
合集	28021		（2）于翌日壬歸，又大雨。 （3）甲子卜，亞𢦔耳龍，每。啟，其啟。弗每，又雨。

屯南	0256		（3）丁丑卜，翌日戊，〔王〕異其田，弗每，亡𢦏，不雨。
屯南	1108		（1）……日壬……不雨。 （3）〔弜〕戠，雨，往田，弗每。
屯南	2618		（1）丁酉卜，翌日王叀犬𠂤比，弗每，亡𢦏，不冓雨。大吉 （2）……以……〔𠂤〕比……〔不〕冓雨。吉

（四）弗……雨

著　錄	編號／【綴合】／（重見）	備　註	卜　辭
合集	12526		……弗雨。二月。
合集	20946		（1）……弗……□……〔三〕月其雨。 （2）于四月其雨。

（五）其他

著　錄	編號／【綴合】／（重見）	備　註	卜　辭
合集	10139		（2）貞：帝令雨弗其正年。 （3）帝令雨正年。
合集	12862		（1）庚辰卜，穷，貞：希雨，我〔其𢀛〕。二月。 （2）〔貞〕：希雨，我弗其𢀛。
合集	38179		（1）弗灑，□月又大雨。 （2）壬寅卜，貞：今夕祉雨。 （3）不祉雨。
屯南	0528		（2）弗其兌比，其冓雨。吉
村中南	351+501【《甲拼三》645】		（2）弗步，雨。

五、亡雨

（一）亡・雨

著　錄	編號／【綴合】／（重見）	備　註	卜　辭
合集	947 反+1726【《醉》158】		（4）亡其雨。
合集	7387		（3）……㞢从雨。 （4）……亡从〔雨〕。
合集	11977（《合集》40275）		（1）貞：亡其雨。
合集	11978		（1）乙□〔卜〕，□，貞：□□亡□雨。
合集	11979		（1）貞：亡其雨。
合集	11980 正		乙亡其雨。
合集	11981（《合補》3774）		……桒亡雨。
合集	12522 正		（1）貞：亡其从雨。二月。
合集	12545		……亡其雨。三月。
合集	12676		（2）㞢从雨。 （3）㞢从雨。 （4）貞：〔亡〕其从〔雨〕。
合集	12687		（1）貞：亡其从雨。 （2）……岳……雨，我……
合集	12688		亡其从雨。
合集	12689		（2）貞：亡其从雨。

合集	12707		（1）貞：亡其大雨。
合集	12708		……亡大雨。
合集	14479+14494【《合補》3800】		（1）貞：亡其从雨。 （2）㞢从雨。
合集	18903	朱書	貞：翌丙，今日亡其从雨。□吉。
合集	22435		（1）丙寅，貞：亡大雨。允。三月。
合集	24757		癸酉卜，□，貞：王𢦏，亡征雨。
合集	24763		戊寅卜，亡至壬午雨。
合集	27209+27207+29995【《醉》270】		（6）茲月至生月，又大雨。 （7）〔茲〕月至〔生〕月，亡〔大〕雨。
合集	28245		（2）弜步，亡雨。
合集	28425		（2）弜，亡雨。
合集	28717		（1）辛王弜田，其雨。 （2）□王異田，亡大雨。
合集	28722		（1）不雨。 （2）田，湄〔日亡〕雨。
合集	28977		（2）〔壬〕亡大雨。 （3）其又大雨。
合集	29699		（2）甲申亡大雨。
合集	29914		（1）今日至丁又雨。 （2）〔今日至〕丁亡大雨。

合集	29916		今日至己亡大雨。
合集	29960（《旅順》1587）		癸巳卜，囗，貞：今夕亡雨。
合集	29994		（2）翌日戊又雨。 （3）于己大雨。 （4）〔今〕至己亡大雨。
合集	30003		（2）亡雨。 （3）亡雨。
合集	30004		（1）〔今〕日至翌日亡雨。
合集	30005		亡雨。
合集	30011		（1）丁丑亡大雨。 （2）其又大雨。
合集	30014		（1）茲夕亡大雨。 （2）又大雨。
合集	30015		（2）甲亡大雨。 （3）又大雨。
合集	30015+《掇》3.123+30058【《醉》253】		（1）壬午卜，今日壬亡大雨。 （2）其又大雨。 （3）癸亡大雨。 （4）其又大雨。 （5）甲亡大雨。 （6）〔其〕又大雨。
合集	30048		（1）自今辛至于來辛又大雨。 （2）〔自〕今辛至〔于〕來辛亡大雨。

合集	30050		（1）自乙至丁又大雨。 （2）乙夕雨。大吉 （3）丁亡其大雨。 （4）今夕雨。吉 （5）今夕不雨，入。吉
合集	30059		（2）今日壬亡大雨。
合集	30061		今夕亡大雨。吉　吉
合集	30062		（1）己亡大雨。大吉
合集	30063		甲戌〔卜〕，□，貞：今茲……亡大〔雨〕。
合集	30064		……亡大雨。
合集	30066		（1）辛未又小雨。 （2）壬申亡大雨。
合集	30259		（2）亡雨。
合集	30331		……即宗，亡大雨。
合集	31283		……又夢，隹王又歲于〔示〕𢀛，亡大雨。
合集	31636		（1）庚午卜，貞：今夕亡雨。
合集	33921		（3）又从雨。 （4）茲亡雨。
合集	39868+39878（《英藏》564 正）【《合補》1845】		（3）㢙孽年，㞢雨。 （4）亡雨。
合集	39868+39878（《英藏》564 正）【《合補》1845】		（3）㢙孽年，㞢雨。 （4）亡雨。
合集	40276（《英藏》01055）		〔貞〕：亡其雨。

合補	152（《天理》30）		（1）往〔于〕河，〔㞢〕从〔雨〕。 （2）往于河，亡从雨。
合補	3625		（2）……貞：〔今〕夕亡□雨。
合補	3684		亡其雨。
合補	3767		貞：亡其雨。
合補	3772		……㞢……亡雨。
合補	3773		……亡雨。
合補	3775		……亡其雨。
合補	3776（《懷特》1603）		亡雨。
合補	3783		（2）……亡雨。
合補	3798（《懷特》244）		貞：亡其从雨。
合補	9452		丙……亡雨。
屯南	1125		（1）乙未卜，今……雨。 （2）不雨。 （5）辛亥卜，今日辛，又雨。 （6）亡雨。
屯南	2373		（2）……巳，亡从雨。 （3）……雨。
屯南	4334		（3）又大雨。吉 （4）亡大雨。 （5）及兹夕又大〔雨〕。吉 （6）弗及兹夕又大雨。吉
北大	1540		亡雨。

北大	1606		……亡又旬，申亡雨。
英藏	01054		弜□。亡其雨。
英藏	01055（H40276）		〔貞〕：亡其雨。
旅順	1588	填墨	□□卜，王，今□亡其雨。
蘇德美日	《德》301		□丑卜，丁卯湄日亡大雨。吉

（二）祭祀．亡雨

著　錄	編號／【綴合】／（重見）	備　註	卜　辭
合集	1121 正		（1）貞：𡥎婞，㞢雨。 （2）弜𡥎妌，亡其雨。
合集	1122+《乙補》963【《醉》229】		弜隹婞〔𡥎〕，亡其雨。
合集	1123+《上博》2426．798【《甲拼續》592】		（1）甲申卜，穷，貞：𡥎婞，㞢从〔雨〕。 （2）貞：弜𡥎婞，亡〔其〕从〔雨〕。
合集	1124		（1）弜隹婞，亡其雨。
合集	1130 甲		弜𡥎妌，亡其雨。
合集	1137+15674【《甲拼》32、《合補》3799】		（1）貞：弜𡥎，亡其从雨。 （3）貞：𡥎，㞢从雨。 （4）貞：𡥎聞，㞢从雨。
合集	7690		（2）貞：舞㞢雨。 （3）貞：舞亡其〔雨〕。
合集	7690+《存補》(《甲骨續存合補》)4.1.1【《甲拼》140】		（2）貞：舞，㞢雨。 （3）貞：舞，亡其雨。

合集	8331+12688【《甲拼》135】		貞：往于河，亡其从雨。
合集	8333（《合補》152 反）+14420【《甲拼》128】		（2）往于河，有〔从〕雨。 （5）往于河，亡〔其〕从雨。
合集	9177 正		（1）貞：今丙戌𡆥妠，㞢从雨。 （2）貞：妠，亡其从雨。
合集	12825		（1）□〔酉〕卜，今〔日〕弜桒，〔亡〕其雨。
合集	12841 正甲		貞：弜舞，亡其从雨。
合集	12841 正甲+正乙+《乙補》3387+《乙補》3376【《醉》123】		（1）……舞，㞢从雨。 （2）貞：弜舞，亡其从雨。
合集	12842 正		（1）貞：𡆥，㞢雨。 （2）弜𡆥，亡其雨。
合集	12843 反		（1）己亥卜，我𡆥，㞢雨。 （2）己亥卜，我𡆥，亡其雨。
合集	12851		弜隹𡆥，亡其〔雨〕。
合集	12851+無號甲+《乙補》4640【《契》249】		（2）弜隹𡆥，亡其雨。
合集	12852		（2）壬申卜，㱿，貞：舞……𡆥，亡其雨。 （5）〔壬〕子卜，爭，〔貞〕：自今至丙辰，帝□雨。〔王〕……
合集	14197 正		（3）貞：弜舞河，亡其雨。
合集	14207 正		（3）貞：舞岳，㞢雨。 （4）貞：岳，亡其雨。
合集	14468 正		（2）貞：取岳，㞢雨。 （3）取，亡其雨。

			（4）貞：〔其亦〕盧雨。 （5）不其亦雨。
合集	14485		……岳，亡其雨。
合集	14755 正		（3）貞：翌丁卯桒舞，㞢雨。 （4）翌丁卯㢴，亡其雨。 （9）貞：㞢从雨。
合集	27656+27658【《合補》9515】		（2）弜于示桒，亡〔雨〕。 （3）于伊尹桒，乙大雨。 （4）弜桒于伊尹，亡雨。
合集	28267		（1）……河先彭，又雨。吉 （3）其每，桒年上甲，亡雨。 （4）……〔桒年〕上甲，又〔雨〕。
合集	28296		（2）其祝桒年，又大雨。 （3）〔亡〕雨。
合集	29999+31149【《甲拼》234】		（1）叀豚，又雨，亡…… （2）叀羊，又雨。
合集	30029		〔弜〕乎舞，亡大雨。
合集	30031（《合集》41606）		（2）今日乙霾，亡雨。 （3）其霾疐，又大雨。 （4）于尋，又大雨。 （5）……大雨。
合集	30033		（1）其曹钔，又大雨。 （2）弜曹，亡大雨。

合集	30169		（1）又大雨。吉 （2）其𡨦永女，又雨。大吉 （3）弜𡨦，亡雨。吉
合集	30170		又𡨦，亡大雨。
合集	30177		亡夻自雨。
合集	30391		（2）王又歲于帝五臣，正，隹亡雨。 （3）……桒，又于帝五臣，又大雨。
合集	30410		（2）弜取，亡大雨。吉 （3）……即……岳，又大雨。
合集	30459		（1）□□卜，其妍，桒雨于南……眔……亡雨。大吉　用 （2）……〔𡨦〕，又大雨。
合集	30552		（1）弜用㷭羊，亡雨。 （2）叀白羊用，于之，又大雨。
合集	31199		（1）翌日庚其秉乃霾、𠨍，至來庚又大雨。 （2）翌日庚其秉乃霾、𠨍，至來庚亡大雨。 （3）來庚𠜱秉乃霾，亡大雨。
合集	32797	此片倒置	（2）弜桒于伊尹，亡雨。
合集	33273+41660【《綴彙》4、《合補》10639】	（7）其中一「于」字為衍文。	（5）戊辰卜，及今夕雨。 （6）弗及今夕雨。 （7）癸酉卜，又尞于于六云，五豕卯五羊。 （9）尞于岳，亡从才雨。 （11）癸酉卜，又尞于六云，六豕卯六羊。 （15）隹其雨。 （18）庚午，尞于岳，又从才雨。 （20）今日雨。

合集	40429（《英藏》00996）	（3）（4）（5）辭塗朱	（2）乎舞，亡雨。 （3）乎舞，虫雨。 （4）乎舞，亡雨。 （5）乎舞，虫雨。
合集	41411（《英藏》02366）		（2）弜寮于閃，亡雨。 （3）叀閃寮彭，又雨。 （4）其寮于霸，又大雨。 （5）弜寮，亡雨。 （6）霸眔門虘彭，又雨。
合補	9528（《天理》514）		（1）癸弜彭亡雨。 （2）……彭又雨。
屯南	2261		（1）甲弜彭，亡雨。 （2）于乙彭，又雨。 （3）乙弜彭，亡雨。
屯南	2261		（1）甲弜彭，亡雨。 （2）于乙彭，又雨。 （3）乙弜彭，亡雨。
屯南	2623		（2）弜用黃羊，亡雨。 （3）叀白羊用，于之又大雨。
屯南	3760		亡台其雨。
花東	103	（4）衍一「子」字	（1）丁卯卜，雨不至于夕。 （2）丁卯卜，雨其至于夕。子𠧞曰：其至，亡翌戊，用。 （3）己巳卜，雨不祉。 （4）己巳卜，雨不祉。子𠧞曰：其祉冬日。用。

			（5）己巳卜，才䖵，其雨。子𣶃曰：其雨亡司（嗣），夕雨。用。 （6）己巳卜，才䖵，其雨。子𣶃曰：今夕其雨，若。己雨，其于翌庚亡司（嗣）。用。

（三）亡𡆥・雨

著錄	編號／【綴合】／（重見）	備註	卜辭
合集	3756		（1）□□〔卜〕，爭、𠬝，貞：旬亡𡆥。壬辰雨。 （2）□□〔卜〕，〔爭〕、𠬝，貞：旬亡𡆥。丁未雨，己酉……
合集	12476+13447+《合補》4759【《契》31】		（2）戊戌卜，㱿，貞：今夕亡𡆥。之夕雨。
合集	12477		（2）壬寅卜，貞：夕亡𡆥。成雨。 （3）癸卯卜，貞：夕亡𡆥。之夕雨。
合集	12629		（1）癸亥卜，㱿，貞：旬亡𡆥。己巳雨。十一月。 （3）癸□，〔貞〕……𠬝……〔亡〕𡆥。丙申雨。
合集	12715		（1）癸未卜，㱿，貞：旬亡𡆥。丁亥雨。 （2）癸未〔卜〕，〔㱿〕，〔貞〕：旬亡𡆥。庚〔寅〕雨。 （3）癸巳卜，㱿，貞：旬亡𡆥。丁酉雨。己雨。庚亦雨。
合集	12901		癸巳卜，㱿，貞：旬亡𡆥。丁酉雨。
合集	12902		……旬亡𡆥。丁卯雨，庚午……
合集	13408 反		王固〔曰〕：□雨亡〔𡆥〕。
合集	16297+39895+40264（《英藏》1005）【《甲拼》270】		（2）雨至。貞：今夕亡𡆥。 （4）翌庚子不雨。 （6）翌庚子其雨。

合集	16920		（3）癸酉〔卜〕，貞：旬〔亡〕𡆥。丁□雨……壬……
合集	17273		（5）癸未卜，㱿，貞：旬亡𡆥。丁亥雨。
合集	《合補》2294+13377+18792（《合補》3486）+18795【《甲拼續》458、《綴彙》335】		（1）癸……旬亡〔𡆥〕……㞢七日㲋己卯〔大〕采日大𩁹風，雨。㯃伐。五〔月〕。
合集	35116		（2）□辰雨。 （3）亡𡆥。丁亥雨。
合集	40285（《英藏》01030 正）		（2）丁亥〔卜〕，今夕〔其〕雨，亡□。
北大	1438		（1）貞：今夕不雨。 （2）庚辰卜，貞：今……亡𡆥。
英藏	01015		〔癸〕酉卜，□，貞：旬亡𡆥。甲戌雨。

（四）亡𢦏・雨

著　錄	編號／【綴合】／（重見）	備　註	卜　辭
合集	12500		（1）己酉卜，㱿，貞：今日王其步□見，雨，亡災。一月。才□。
合集	28515+《安明》1952+30144【《契》116】		（1）戊辰卜：今日戊，王其田，湄日亡𢦏，不……大吉 （2）弜田，其每，遘大雨。 （3）……湄日亡𢦏，不遘大雨。 （4）其獸，湄日亡𢦏，不遘大雨……吉
合集	24501		（1）丁丑卜，〔王〕曰，貞：翌戊〔寅〕其田，亡災。往，不冓雨。
合集	27783		（2）王其省，涉滴，亡災。不雨。

合集	28491		乙丑卜，狄，貞：今日乙王其田，湄日亡災，不遘大雨。大吉
合集	28494		（2）王其田，湄日亡𢦔，不雨。大吉
合集	28512		（1）……王其田，湄日亡𢦔，不冓雨
合集	28515+《安明》1952+30144【《契》116】		（1）戊辰卜：今日戊，王其田，湄日亡𢦔，不……大吉 （2）弜田，其每，遘大雨。 （3）……湄日亡𢦔，不遘大雨。 （4）其獸，湄日亡𢦔，不遘大雨……吉
合集	28519		翌日乙王其田，湄日亡〔𢦔〕，不雨。
合集	28608		（2）于壬王廼田，湄日亡𢦔。不雨。
合集	28633		（1）于丁〔王〕省田，亡𢦔，〔不〕冓〔雨〕。 （2）于辛省田，亡𢦔，不冓雨。
合集	28642		貞：王〔叀田〕省，亡〔災〕，□雨。
合集	28645		王叀田省，湄日亡𢦔，不冓大雨。
合集	28664		（1）貞：王兌〔田〕，亡災，不雨。
合集	28979		王叀喪田省，亡災。不雨。
合集	28993		（2）弜省宮田，其雨。 （3）叀喪田省，不雨。 （4）弜省喪田，其雨。 （5）……王其□虞田□，入，亡〔𢦔〕，不冓大雨。
合集	29093		（1）今日辛王其田，湄日亡災，不雨。 （2）貞：王其省盂田，湄日不雨。 （3）……田省……災，不〔雨〕。

合集	29157		（1）辛亥卜，王其省田，叀宮，不冓雨。 （2）叀盂田省，不冓大雨。 （3）叀宮田省，湄亡𢦏，不冓大雨。
合集	29172		（1）翌日戊王其〔田〕，湄日不雨。 （2）叀宮田省，湄日亡災，不雨。
合集	29253		（1）王叀宰田，亡𢦏，不冓〔雨〕。 （2）弜田宰，其雨。
合集	29300		（2）王叀田省，〔亡〕𢦏，不雨。 （3）王獸，亡𢦏，不雨。 （4）叀㹜田，亡𢦏，不雨。 （5）叀虞田，亡𢦏，不雨。
合集	29308（《旅順》1827）	填墨	（2）叀戊省，𩰫田，亡𢦏，不雨。〔註11〕
合集	29324		（2）丁亥卜，狄，貞：其田（賢？）叀辛，湄日亡災，不雨。
合集	29326		叀（賢？）〔田〕，〔湄〕日亡災，不〔雨〕。
合集	29352		（2）田襄，湄日亡𢦏，不冓雨。大吉
合集	29390		（2）……日辛，王……日亡災，□雨。吉
合集	30122		（1）叀亞𢦏□，田省，征〔往〕于向，亡𢦏。永〔王〕，不冓雨。
合集	30268		（1）不遘雨，啓。 （3）……雨……亡〔𢦏〕。
合集	30157		貞：叀湄日亡□雨。

〔註11〕「戊」字《合集》誤釋為「凡」，今據《旅順》補正。

合集	33533		（1）辛王弜田，其雨。 （2）壬王弜田，其雨。 （3）……盂……湄日亡𢦏，不冓雨。
合集	37733		戊午卜，貞：〔王〕田牢，往〔來〕亡災。
合集	40248		己丑卜，貞：雨。其茲今亦亡囚。
合集	41565		……盂田，湄日〔亡〕𢦏。不雨。
合補	9425（《天理》443）		王叀轡田湄日亡叀，不〔冓〕雨。
合補	13350		（5）王叀□田省亡𢦏，不冓雨。
屯南	0256		（3）丁丑卜，翌日戊，〔王〕異其田，弗每，亡𢦏，不雨。
屯南	0757		（1）辛弜田，其每，雨。 （2）于壬王廼田，湄日亡𢦏，不冓大雨。
屯南	2618		（1）丁酉卜，翌日王叀犬𠂤比，弗每，亡𢦏，不冓雨。大吉 （2）……以……〔𠂤〕比……〔不〕冓雨。吉
屯南	3607		（2）……〔亡〕𢦏，不雨。
英藏	02302		王其田㹜，湄日亡不雨。
英藏	02317		叀盂〔田〕省，亡𢦏，不雨。大吉
旅順	1830	「省」字被刮削。	……盂田省，湄日〔亡〕𢦏，不雨。
蘇德美日	《德》303		其多雨〔亡〕𢦏。

（五）亡艱／亡旬·雨

著　錄	編號／【綴合】／（重見）	備　註	卜　辭
合集	12865（《旅順》1525）		（2）……亡來艱（艱），卜（外）□（〔有〕）希，由雨。

合集	22274		（1）又兄丁二宰，不雨。用，祉。 （8）貞：王亡羙卑祉雨。
合集	12672 正乙		□𠳿，雨疾亡□。
合集	12900		……疾雨，亡匄。
合集	24933（《合補》7250）		（1）庚辰卜，大，貞：雨不正辰，不隹年。 （4）貞：雨不正辰，亡匄。

（六）其他

著　錄	編號／【綴合】／（重見）	備　註	卜　辭
合集	13002		乙未卜，龍亡其雨。
合集	24762+26156【《甲拼》92】		（1）戊申卜，出，貞：今日益，亡吝。雨。 （2）……益……雨。 （3）……雨……
合集	24805		（3）辛未卜，行，貞：今夕不雨。才十二月。 （4）……亡……雨。
合集	24904		（1）辛卯〔卜〕，□，貞：亡……于翌壬〔辰〕廼雨。
合集	30182		（1）貞……亡……雨。吉
合集	30400		（2）……亡……大雨。
合補	7455		……王……亡……不……雨。
國博	009		……取亡……雨……卩

六、正雨

（一）正雨

著　錄	編號／【綴合】／（重見）	備　註	卜　辭
合集	10136 正		（3）己亥卜，爭，貞：才始田，㞢正雨。
合集	10137 正		（1）辛未卜，𡆥，貞：黍年㞢正雨。 （2）貞：黍年㞢正雨。
合集	10138		己酉卜，黍年㞢正雨。
合集	11837		（1）癸未雨。允其正。
合集	40118（《英藏》818）		（1）□□卜，黍年㞢正雨。
合集	40119（《英藏》820）		𢀛黍〔年〕，㞢〔足〕雨。□㞢正〔雨〕。
合集	40450+《前》4.40.1+《前》4.49.6+《前》2.1.3【《合補》2221】		（4）己酉卜，黍年㞢正雨。

（二）雨不正

著　錄	編號／【綴合】／（重見）	備　註	卜　辭
合集	24933（《合補》7250）		（1）庚辰卜，大，貞：雨不正辰，不隹年。 （4）貞：雨不正辰，亡匄。
合補	7245（《東大》651）		庚辰卜，大，貞：雨不正，辰不隹……

（三）正……雨

著　錄	編號／【綴合】／（重見）	備　註	卜　辭
合集	13001（《蘇德美日》《德》52）		……其正，雨。

合集	30032		(1) 叀庚申桒，又正，又大雨。 (2) 叀各桒，又正，又大雨。大吉 (3) 叀妫桒，又大雨。吉 (4) 叀商桒，又正，又大雨。
合集	30391		(2) 王又歲于帝五臣，正，隹亡雨。 (3) ……桒，又于帝五臣，又大雨。
合補	3868（《懷特》234）		……叀……屮正雨。
英藏	1070		……正雨。

（四）雨・正年

著　錄	編號／【綴合】／（重見）	備　註	卜　辭
合集	10099+14141【《甲拼》152】		(2) 帝令雨，正〔年〕。
合集	10139		(2) 貞：帝令雨弗其正年。 (3) 帝令雨，正年。

七、壱雨

（一）壱雨

著　錄	編號／【綴合】／（重見）	備　註	卜　辭
合集	3898 正+12417 正+14620（部份重見《合補》3278 正）【《合補》3635 正甲、乙遙綴】		(1) 庚申卜，永，貞：翌辛酉雨。 (2) 庚申卜，永，貞：翌辛酉不其雨。 (3) ……貞……弗……雨。 (4) 庚申卜，永，貞：河壱雨。 (5) 貞：河弗壱雨。

合集	12648		（1）□□〔卜〕，□，貞：今十三月雨。 （2）己未卜，㱿，貞：今十三月不其雨。 （3）己未卜，㱿，貞：今十三月雨。 （4）貞：十三月不其雨。 （5）隹上甲壱雨。 （13）貞：今十三月不其雨。 （14）貞：今十三月不其雨。 （15）今十三月雨。 （16）今十三月不其雨。
合集	12844		（2）貞：壱雨。
合集	14619		貞：不隹河壱雨。
合集	32064		（5）隹王亥壱雨。
合集	33291 部份+32762 乙正部份（部份重見《合集》34217）【《綴續》544】		（1）己亥卜，不〔雨〕。 （2）不雨。 （3）不雨。 （5）丁未卜，及夕雨。 （8）辛亥卜，壬雨，至癸。 （9）甲寅，乙雨。 （10）不雨。 （11）乙卯，丙雨。 （12）不雨。 （13）辛酉卜，取岳，雨。 （14）雨。 （15）辛酉卜，隹姫壱雨。 （16）癸酉卜，乙雨。 （17）癸酉，雨。

合集	33294		（2）弗壱〔雨〕。
合集	32881+41655（《英藏》2444）【《合補》10637】		（2）丙午卜，隹岳壱雨。 （2）丁未卜，隹伊壱雨。
合集	32556+《明後》2532【《合補》10444】		（1）甲子，貞：其祖乙壱雨。茲用 （4）其雨。
屯南	0644		（1）丙寅，貞：岳壱雨。 （2）弗壱雨。 （3）戊辰，貞：雨。 （4）戊不雨。 （6）不雨。 （7）壬申，貞：雨。 （8）壬不雨。
屯南	2438		（2）丙午卜，隹岳壱雨。 （3）隹河壱雨。 （4）隹夏壱雨。
屯南	3402+0611		癸酉，〔貞〕：隹□壱雨。
屯南	4304		（3）壬午，貞：高壱雨。
村中南	477		（3）丙子卜：隹[illegible]壱雨？ （4）弗壱雨？

（二）壱雨（習刻）

著　錄	編號／【綴合】／（重見）	備　註	卜　辭
合集	18910 正	（12）習刻	（5）丁雨。 （12）雨壱禾。

（三）雨……壱

著　錄	編號／【綴合】／（重見）	備　註	卜　辭
合集	12895		（1）己未卜，穷，貞：蔑雨隹〔㞢〕壱。

八、求・雨

（一）求雨

著　錄	編號／【綴合】／（重見）	備　註	卜　辭
合集	12643		（2）〔丁〕未卜，穷，〔貞〕：求雨□。十三月。
合集	12868		癸巳卜，穷，貞：求雨小。
合集	13515（《乙》8935）+《史購》46 正 【張宇衛：〈賓組甲骨綴合十八則〉】〔註 12〕		（1）甲子卜，貞：盖牧［再？］冊，𢀛（？）乎取㞢屯？ （2）己酉卜，貞：勹郭于丁，不？二月。 （3）癸丑卜，賓貞：于雀郭？ （4）癸丑卜，賓貞：勹郭于丁？ （5）貞：　于丁一宰二 （6）……壴弗[illegible]〔註 13〕，㞢禍？五月。一 （7）貞：尋求雨于……一 （8）□卯卜，賓貞：㞢于祖……
合集	40908		（9）雨求。

〔註 12〕張宇衛：〈賓組甲骨綴合十八則〉，《東華漢學》第 16 期（花蓮：東華大學中國語文學系、華文文學系，2012 年 12 月），頁 1～30。

〔註 13〕此字陳劍釋作「遭」，可從。參氏著，〈釋造〉，《甲骨金文考釋論集》（北京：線裝書局，2007），頁 127～176。

（二）求雨・勹……

著　錄	編號／【綴合】／（重見）	備　註	卜　辭
合集	《合集》12863+《甲》2972+《甲》2962 正+《合集》2827 正+《甲骨文集》4.0.0012【《醉》332】、【《綴彙》483】		（1）丁未卜，爭，貞：求雨，勹于河。十三月。 （2）貞：于岳求雨勹。
合集	12866		□申卜，穷，貞：求雨，勹……

（三）祭名・求雨／求雨・祭名

著　錄	編號／【綴合】／（重見）	備　註	卜　辭
合集	16037（《旅順》53）+《英藏》1149【《甲拼續》421】		（5）求雨河。
合集	28266		□□卜，其桒年于示求，又大〔雨〕。大吉
合集	30419（《合集》34226）		（2）于岳求，又大雨。
合集	31283		……又夢，隹王又歲于〔示〕求，亡大雨。
合集	34493		（3）乙卯卜，王求雨于土。

（四）求雨・于・方位

著　錄	編號／【綴合】／（重見）	備　註	卜　辭
合集	12867		甲子卜，穷，貞：求雨□于……
合集	30175		（1）癸巳其求雨于東。 （2）于南方求雨。

合集	30176		（1）癸巳其求雨于□。 （2）于□方□雨。
合集	33953		其求雨于……

（五）求雨・宜……

著　錄	編號／【綴合】／（重見）	備　註	卜　辭
合集	557		（13）甲子卜，㱿，貞：𢦚求雨于娥。 （14）……雨〔于〕娥。
合集	12651		（1）貞：其求我于……〔河〕㞢雨。
合集	12862		（1）庚辰卜，㱿，貞：求雨我〔其㝵〕。二月。 （2）〔貞〕：求雨我弗其㝵。
合集	12864（《旅順》417）	填墨	（1）甲子卜，㱿，貞：于岳求雨娥。二月。〔註 14〕
合集	14521		（2）貞：求雨我，于岳。
合集	16973		（2）庚子卜，貞：求雨娥……

（六）有求（咎）……雨

著　錄	編號／【綴合】／（重見）	備　註	卜　辭
合集	11484 正+乙 3349+乙 3879【《契》382】		（1）□丑卜，㱿，貞：翌乙□酌黍𤔲于祖乙。王固曰：㞢求……不其雨。六日□午夕，月㞢食，乙未酌，多工率𢦏𦣞。
合集	11497 正		（3）丙申卜，㱿，貞：來乙巳酌下乙。王固曰：酌，隹㞢求，其㞢異。乙巳酌，明雨，伐既，雨，咸伐，亦雨，䧹卯鳥，晴。

〔註 14〕卜辭據《旅順》補「二月」二字。

合集	11498 正		(3) 丙申卜，㱿，貞：〔來〕乙巳酢下乙。王固曰：酢，隹㞢求，其㞢異。乙巳明雨，伐既，雨，咸伐，亦雨，𢿛鳥，晴。
合集	12865（《旅順》1525）		(2) ……亡來𡆥（艱），卜（外）☐（〔有〕）求，𠙵雨。〔註 15〕
合集	16910 反		(1) 王固曰：㞢求。丙其雨。
合集	40427（《英藏》1251 反）		王固曰：求希，壬其雨，不吉。

九、雨——吉

（一）雨——吉

著　錄	編號／【綴合】／（重見）	備　註	卜　辭
合集	655 正甲		(11) 丙寅卜，〔㱿〕，貞：來〔乙〕亥〔不〕其易〔日。王〕固曰：〔吉〕，乃茲〔不〕易日。〔乙〕亥〔允〕不〔易〕日，雨。
合集	2002 反		(5) 王固曰：吉。辛雨，庚不亦雨。
合集	3696 反		……其雨，吉。
合集	5250		(1) 貞：王𡧊叀吉，不冓雨。 (2)〔貞〕：王𡧊〔叀吉，不〕冓〔雨〕。
合集	9934 正+《乙》4106+《乙補》5252 倒+9955+《乙補》4609【《醉》344】		(4) 王固曰：吉。我受黍年。丁其雨，吉。其隹乙雨，吉。
合集	9934 反		(5) ……雨，吉……

〔註 15〕釋文據《旅順》。

合集	10094 反		〔王固曰：吉〕。甲其雨。受年。
合集	11799		王固曰：庚吉。不雨。
合集	12508（《旅順》174）		（1）丁未卜，𠬝，貞：及今二月〔雨〕。王固曰：吉。其…… （3）……雨。
合集	12694 反		王固曰：吉。多〔雨〕。
合集	12739+27064【《甲拼續》486】		癸巳卜，何，貞：王枫裸上甲遘雨。吉。
合集	12831 正+乙補 6457【《醉》47】		（1）辛巳卜，㝵，貞：乎舞，㞢从雨。 （2）貞：乎舞，㞢从雨。
合集	12831 反+乙補 1912+乙補 6458【《醉》47】		（1）王固曰：吉。其㞢从（雨）之…… （2）之夕雨。
合集	12950		（1）……王固曰。吉……翌辛其雨。之□允雨
合集	12987		〔王固曰：吉。其〕……允雨。
合集	14638 反		王固曰：河其令〔雨〕……庚吉。
合集	22782		（3）〔甲〕午卜，王，貞：曰：雨，吉。告。允雨。
合集	24773		（1）丁未卜，王，貞：今夕雨。吉，告。之夕允雨，至于戊申雨。才二月。
合集	24871		（1）貞：隹吉，雨。五月。
合集	27000		（1）王其各于大乙𢦏伐，不冓雨。 （2）不雨。吉　茲用
合集	27102		（1）大乙歲，王其鄉，不冓雨。吉　茲□ （2）其冓〔雨〕。
合集	27152		乙亥卜，何，貞：室唐𢦏，不冓雨。七月。吉
合集	27382		（1）辛酉卜，壴，貞：王室執𡆥隹吉，不冓雨。

合集	27765		夕入，不雨。吉
合集	27830		（2）貞：王𡧊叀吉，不蕭雨。
合集	27831		（2）□□卜，何，〔貞〕：王叀𡧊〔吉，不蕭雨〕。
合集	27832		（2）己亥卜，何，貞：𡧊叀吉，不蕭雨。
合集	27835		（1）壬申卜，〔貞〕：王𡧊〔叀吉〕，不〔蕭雨〕。
合集	27840		貞：王𡧊叀吉，不蕭雨。
合集	27841		己酉卜，卯，貞：王𡧊，雨。〔吉〕
合集	27854		（1）□□卜，何，貞：〔王𡧊〕叀吉，蕭雨。 （2）□□卜，何，〔貞〕……雨。 （3）……雨。
合集	27856		□□卜，何，貞：〔王𡧊叀〕吉，不〔蕭〕雨。四月。
合集	27857+27869【《甲拼續》406】		（1）丙辰卜，何，貞：王𡧊叀吉，不蕭雨。 （2）□□卜，何，貞：𡧊〔叀吉〕……雨。 （3）……貞：王……蕭〔雨〕。
合集	27858		□巳卜，□，〔貞〕：王𡧊叀〔吉〕，不蕭〔雨〕。
合集	27860		乙卯卜，貞：王〔叀〕吉，不〔蕭雨〕。
合集	27861+27862+27863+27864【《合補》9539】	考釋可參見《綴彙》頁193。	（1）丙寅卜，彘，貞：王往，于夕福，不遘雨。𡧊叀吉。 （2）……𡧊叀吉，往于夕福，允不遘雨。四月。 （3）丁卯卜，何，貞：王往于夕福，不遘雨。允衣不遘。 （4）貞：王往于夕福，不蕭雨。𡧊叀吉。 （5）己巳卜，何，貞：王往于日，不蕭雨，𡧊叀吉。允雨不蕭。四月。 （6）……允不蕭雨。四月。

			（7）……何，貞……往于夕……蕫雨。 （8）……不蕫雨，往于夕福。允不蕫雨。四月。
合集	27866		（1）丁卯卜，㲋，貞：王往，于𠁩，不蕫雨。 （2）丁卯卜，何，貞：王㝱叀吉，不蕫雨。
合集	27867		（1）庚午卜，何，貞：王往，于日，不蕫雨，㝱叀吉。
合集	27868		□□卜，何，〔貞：王〕往，于〔日〕，〔不蕫雨〕，㝱叀〔吉〕。
合集	27869		丙辰卜，□，〔貞：王〕㝱叀〔吉，不〕蕫〔雨〕。
合集	27872		（1）□□卜，何，〔貞：王〕往于□，〔王㝱〕叀〔吉〕，不蕫雨。
合集	27873		□□卜，何，〔貞：于〕往，于□，不蕫雨。〔㝱叀吉〕。
合集	28515+《安明》1952+30144【《契》116】		（1）戊辰卜：今日戊，王其田，湄日亡𢦏，不……大吉 （2）弜田，其每，遘大雨。 （3）……湄日亡𢦏，不遘大雨。 （4）其獸，湄日亡𢦏，不遘大雨……吉
合集	28180		（2）王其又于滴，才又石尞，又雨。 （3）即川尞，又雨。 （4）王其乎戍䨻盂，又雨。吉 （5）叀万䨻盂田，又雨。吉
合集	28227		（1）己酉卜，□，貞：叀二□用，又大〔雨〕。吉 （2）……年……𤕩……雨。
合集	28255		其桒年于岳，茲又大雨。吉
合集	28267		（1）……河先彡，又雨。吉 （3）其每，桒年上甲，亡雨。 （4）……〔桒年〕上甲，又〔雨〕。

合集	28275		（1）其桒年祖丁，先彡，又雨。吉 （2）……年……宗……彡，〔又〕大雨。
合集	28517		壬辰〔卜〕，貞：今〔日〕□〔王其田〕，湄日不〔遘〕大〔雨〕。吉
合集	28523		（1）〔王其〕田，湄日不雨。吉
合集	28545		今日壬王其田，不遘不雨。大吉　吉
合集	28546+30148【《醉》278】		（1）丁至庚，不遘小雨。大吉 （2）丁至庚，不遘小雨。吉　茲用。小雨。 （3）辛王其田至壬不雨。吉 （4）辛至壬，其遘大雨。 （5）……茲……又大雨。
合集	28550		戊子卜，貞：王其田，不雨。吉
合集	28552		（1）王其田，不雨。吉 （2）其雨。
合集	28569		（1）王其田埶，湄日不〔雨〕。吉 （2）中日往□，不雨。吉　大吉
合集	28572		（2）王其田埶，入不雨。 （3）夕入不雨。吉
合集	28616		……廼田，湄日不〔雨〕。吉
合集	28618		（2）于壬王廼田，不雨。 （3）壬弜田，其雨。吉 （5）壬不雨。

合集	28628		（1）方羹，叀庚彡，又大雨。大吉 （2）叀辛彡，又大雨。吉 （3）翌日辛，王其省田，𢦏入，不雨。茲用　吉 （4）夕入，不雨。 （5）□日，入省田，湄日不雨。
合集	28651		（2）乙不雨。 （3）其雨。吉
合集	28678+29248【《甲拼》168】		（4）王弜泆，其雨。 （5）王叀宎田，不冓雨。吉
合集	28854		（1）〔隹〕大雨。茲用 （2）隹小雨。吉
合集	28895		（1）其雨。吉
合集	28965		（4）不雨。吉 （5）其雨。
合集	28989		（2）……雨。吉
合集	28992		（1）不遘雨。吉 （2）叀喪田省，遘雨。吉 （3）不遘雨。 （4）雨。
合集	29002		（1）弜省喪田，其雨。吉 （2）弜省宮，其雨。吉
合集	29107		（2）翌日戊雨。吉 （3）不雨。大吉
合集	29120		（3）不雨。引吉　吉

合集	29146		（2）不雨。吉 （3）其雨。吉
合集	29177+27809【《甲拼三》631】		（1）壬王其〔省〕宮田，不雨。 （2）弜省宮田，其雨。吉 （4）王至喪，其雨。吉
合集	29205		（2）不雨。吉 （3）其雨。
合集	29206		（2）不雨。引吉 （3）其雨。吉
合集	29278		（1）辛亥卜，王叀壬田盥，不雨。吉 （2）……其雨。
合集	29377		叀𠂤田省，不遘雨。大吉　吉
合集	29390		（2）……日辛，王……日亡災，□雨。吉
合集	29685		（1）今日乙〔王〕其田，湄〔日〕不雨。大吉 （2）其雨。吉 （3）翌日戊王其省牢，又工，湄日不雨。吉 （4）其雨。吉 （5）今夕不雨。吉 （6）今夕其雨。吉 （7）□日丁□雨。
合集	29801		（1）昃〔至章〕兮其〔雨〕。 （2）章兮至昏不雨。吉 （3）章兮至昏其雨。

合集	29816+30583【《合補》9384】		（1）雨。 （2）不雨。吉　茲用
合集	29829		（1）不雨。吉
合集	29830		不雨。吉
合集	29838		不雨。大吉
合集	29851		（1）其雨。 （2）不雨。吉　茲用　吉
合集	29854		（2）不雨。引吉 （3）其雨。吉
合集	29857+《村中南》14【《甲拼三》739】		（2）不雨。茲用。不雨。吉 （3）其雨。吉 （6）不雨。 （7）其雨。吉
合集	29863		（1）翌日……湄日……雨。 （2）其雨。吉
合集	29873		（1）乙不雨。 （2）其雨。吉　茲用
合集	29878+29877【《合補》9442】		（1）戊雨。 （2）戊不雨。吉
合集	29892		（1）翌日辛〔亥〕其雨。吉 （2）不〔雨〕。吉　大吉
合集	29898		（1）壬不〔雨〕。 （2）癸雨。大吉　吉　吉　吉

合集	29910		（1）中日其雨。 （2）王其省田，昃不雨。 （3）昃其雨。吉
合集	29913		（2）今日癸其雨。 （3）翌日甲不雨。 （4）甲其雨。 （5）茲小雨。吉
合集	29958		丁巳卜，今夕雨。吉
合集	29975		（1）丁亥不雨。 （2）其雨。吉
合集	29988+29989【《合補》9524】		（1）叀甲彡又雨。 （2）叀辛彡，又雨。　吉
合集	29990		（1）叀庚烄，又〔雨〕。 （2）其乍龍于凡田，又雨。 （3）……雨。吉
合集	29992		其彡方，今夕又雨。吉　茲用
合集	30032		（1）叀庚申桒，又正，又大雨。 （2）叀各桒，又正，又大雨。大吉 （3）叀妫桒，又大雨。吉 （4）叀商桒，又正，又大雨。
合集	30034		（1）叀庚出，〔又〕大〔雨〕。吉 （2）叀辛出，又大雨。吉　吉
合集	30041		于翌日丙舞，又大雨。吉　吉

合集	30050		（1）自乙至丁又大雨。 （2）乙夕雨。大吉 （3）丁亡其大雨。 （4）今夕雨。吉 （5）今夕不雨，入。吉
合集	30061		今夕亡大雨。吉　吉
合集	30125		（1）不〔冓〕雨。 （2）不〔雨〕。吉　兹用
合集	30126		不冓雨。吉
合集	30132（《合補》9515）		其遘大雨。吉
合集	30142+28919【《甲拼三》685】		（1）庚午卜，翌日辛亥其乍，不遘大雨。吉 （2）其遘大雨。 （8）不雨。
合集	30144		（1）……弜〔田〕……每，冓大雨。 （2）……其〔戰〕，湄日亡𢦔，不冓大雨。吉
合集	30149		（1）其雨。大吉　兹用 （2）允大雨。吉
合集	30169		（1）又大雨。吉 （2）其烄永女，又雨。大吉 （3）弜烄，亡雨。吉
合集	30174		（1）于又邑𥎦，又雨。吉。 （2）叀戊烄，又雨。
合集	30182		（1）貞……亡……雨。吉

合集	30183		（1）……夕雨冬。茲允。吉
合集	30204		（1）其雨。大吉　茲用 （4）壬啓，不雨。吉
合集	30206		（1）翌日〔己〕啓。大吉 （2）翌日己不啓。吉 （3）□□癸……雨。
合集	30214（部份重見《合集》41612、《合補》9449）		（2）庚小雨。吉 （4）辛不雨。
合集	30242		（1）其雨。吉
合集	30247		（1）于𣏂，又雨。吉
合集	30299		乙卯卜，不雨。戠宗𡚻率……吉
合集	30410		（2）弜取，亡大雨。吉 （3）……即……岳，又大雨。
合集	30454		其𣪘𤉲，又大雨。吉
合集	30528		（1）癸亥卜，□，貞：王□田，㞢叀吉，不冓雨。 （2）乙丑卜，何，貞：王㞢叀吉，不冓雨。 （3）乙丑卜，何，貞：王室𢦏，不冓雨，㞢叀吉。 （4）乙丑卜，何，貞：王室𢦏，㞢叀吉，不冓〔雨〕。
合集	30950		（1）丁丑卜，其饑，不雨。吉 （2）叀癸未雨。
合集	31061		（1）……其尋𠦪，又〔大〕雨。吉
合集	31742		其雨。吉
合集	31758		不雨。𢀛　吉

合集	32983		（3）不雨。吉 （4）……雨。
合集	33456		（1）戊辰，王其田，至庚不冓雨。 （2）其冓雨。吉
合集	41545		（1）王其田以万，不雨。吉 （2）……以……其雨。吉
合集	41546+（《英藏》2309）		（2）王其田，以万，不雨。吉 （3）……以……〔不〕其雨。吉

（二）雨——大吉

著　錄	編號／【綴合】／（重見）	備　註	卜　辭
合集	28515+《安明》1952+30144【《契》116】		（1）戊辰卜：今日戊，王其田，湄日亡𢦏，不……大吉 （2）弜田，其每，遘大雨。 （3）……湄日亡𢦏，不遘大雨。 （4）其獸，湄日亡𢦏，不遘大雨……吉
合集	27958		□馬，其每，雨。大吉
合集	28266		□□卜，其𠦪年于示𢂵，又大〔雨〕。大吉
合集	28491		乙丑卜，狄，貞：今日乙王其田，湄日亡災，不遘大雨。大吉
合集	28494		（2）王其田，湄日亡𢦏，不雨。大吉
合集	28545		今日壬王其田，不遘不雨。大吉　吉
合集	28546+30148【《醉》278】		（1）丁至庚，不遘小雨。大吉 （2）丁至庚，不遘小雨。吉　兹用。小雨。

			（3）辛王其田至壬不雨。吉 （4）辛至壬，其遘大雨。 （5）……茲……又大雨。
合集	28569		（1）王其田𢦔，湄日不〔雨〕。吉 （2）中日往□，不雨。吉　大吉
合集	28628		（1）方尞，叀庚彡，又大雨。大吉 （2）叀辛彡，又大雨。吉 （3）翌日辛，王其省田，𢦔入，不雨。茲用　吉 （4）夕入，不雨。 （5）□日，入省田，湄日不雨。
合集	29107		（2）翌日戊雨。吉 （3）不雨。大吉
合集	29272（《合集》29781）		（2）旦至于昏不雨。大吉
合集	29328		（1）弜田（𩚁？），其雨。大吉 （2）今日辛至昏雨。
合集	29352		（2）田襄，湄日亡𢦏，不冓雨。大吉
合集	29377		叀𠂤田省，不遘雨。大吉　吉
合集	29685		（1）今日乙〔王〕其田，湄〔日〕不雨。大吉 （2）其雨。吉 （3）翌日戊王其省㝉，又工，湄日不雨。吉 （4）其雨。吉 （5）今夕不雨。吉 （6）今夕其雨。吉 （7）□日丁□雨。

合集	29769		（1）翌日其雨。大吉
合集	29826		……今告凡，不雨。大吉
合集	29892		（1）翌日辛〔亥〕其雨。吉 （2）不〔雨〕。吉　大吉
合集	29985		又雨。大吉　用
合集	30016		又大雨。大吉
合集	30032		（1）叀庚申桒，又正，又大雨。 （2）叀各桒，又正，又大雨。大吉 （3）叀𡥀桒，又大雨。吉 （4）叀商桒，又正，又大雨。
合集	30035		于己又大雨。大吉
合集	30050		（1）自乙至丁又大雨。 （2）乙夕雨。大吉 （3）丁亡其大雨。 （4）今夕雨。吉 （5）今夕不雨，入。吉
合集	30057		壬子卜，乙又大雨。大吉
合集	30062		（1）己亡大雨。大吉
合集	30149		（1）其雨。大吉　茲用 （2）允大雨。吉
合集	30169		（1）又大雨。吉 （2）其烄永女，又雨。大吉 （3）弜烄，亡雨。吉

合集	30172		□□卜，其烄㚔女，又大雨。大吉
合集	30204		（1）其雨。大吉　茲用 （4）壬啓，不雨。吉
合集	30206		（1）翌日〔己〕啓。大吉 （2）翌日己不啓。吉 （3）□□癸……雨。
合集	30411		（1）□酉卜，王其𠭰岳𡪞叀犬□眔豚十，又大雨。大吉
合集	30415		（1）于岳𡆥年，又〔雨〕。大吉 （2）其𡆥年河眔岳，酓，又大雨。 （4）其𣪕岳，又大雨。 （5）弜𣪕，即宗，又大雨。
合集	30449		（4）貞……酓王亥，又冓雨。大吉 （5）貞：其冓雨。
合集	30459		（1）□□卜，其妍，𡆥雨于南……眔……亡雨。大吉　用 （2）……〔烄〕，又大雨。
合集	31694		不雨。大吉　茲用
合集	31713		乙□其雨。大吉

（三）雨——引吉

著　錄	編號／【綴合】／（重見）	備　註	卜　辭
合集	809 反		（4）王固曰：其雨隹庚，其隹辛雨。引吉。
合集	29120		（3）不雨。引吉　吉

合集	29206		（2）不雨。引吉 （3）其雨。吉
合集	29854		（2）不雨。引吉 （3）其雨。吉
合集	29899		（2）壬雨，癸雨，甲廼攺。引吉
合集	31687		（3）戊不雨。引吉

（四）雨——不吉

著　錄	編號／【綴合】／（重見）	備　註	卜　辭
合集	559 反		（1）王固曰：丙戌其雨，不吉。
合集	562 反+7715 反【《甲拼》138】		（2）王固曰：丙戌其雨，〔不吉〕。
合集	9690 反		（1）……不吉，其隹甲雨，亦…… （2）……不吉，其隹丁雨，羽……
合集	13459 反		……隹丙不吉。〔乙〕巳彡，陰……不雨……其……
合集	40427（《英藏》1251 反）		王固曰：㞢希，壬其雨，不吉。

（五）雨——□吉

著　錄	編號／【綴合】／（重見）	備　註	卜　辭
合集	974 反		（2）王固曰：勿雨，隹其凡。 （7）王固曰：隹乙，其隹〔雨〕，□吉。
合集	28515+《安明》1952+30144【《契》116】		（1）戊辰卜：今日戊，王其田，湄日亡𢦏，不……大吉 （2）弜田，其每，遘大雨。 （3）……湄日亡𢦏，不遘大雨。 （4）其獸，湄日亡𢦏，不遘大雨……吉

合集	11422 反		（1）隹雨。 （2）……吉，其□丙不〔雨〕。
合集	18903	朱書	貞：翌丙，今日亡其从雨。□吉。

十、令雨

（一）帝・令雨

著　錄	編號／【綴合】／（重見）	備　註	卜　辭
合集	900 正		（7）自今庚子〔至〕于甲辰帝令雨。 （8）至甲辰帝不其令雨。
合集	5658 正		（10）丙寅卜，爭，貞：今十一月帝令雨。 （11）貞：今十一月帝不其令雨。 （14）不祉雨。
合集	10139		（2）貞：帝令雨弗其正年。 （3）帝令雨正年。
合集	10976 正		（7）辛未卜，爭，貞：生八月帝令多雨。 （8）貞：生八月帝不其令多雨。 （12）丁酉雨至于甲寅旬㞢八日。〔九〕月。
合集	11553+《乙補》6782【《醉》93】		（1）……今二月帝不其令〔雨〕。
合集	12391+《寶》2【《合補》3632】		……于乙卯帝其令雨。
合集	14129 正+《合補》3399 正+《乙補》4950【《醉》169】		（3）壬申卜，𡆥，貞：帝令雨。
合集	14129 反+《合補》3399 反+《乙補》4951【《醉》169】	（5）朱書	（5）貞：帝不其令雨。

合集	14132 正		貞：今一月帝令〔雨〕。
合集	14134		……今二月帝〔不〕令雨。
合集	14135 正		（1）貞：今二月帝不其令雨。
合集	14136		□□〔卜〕，𠬝，貞：今三月帝令多雨。
合集	14138		（1）戊子卜，㱿，貞：帝及四月令雨。 （2）貞：帝弗其及四月令雨。 （3）王𰉏曰：丁雨，不叀辛。旬丁酉允雨。
合集	14140 正		……十一月……帝令多雨。
合集	10099+14141【《甲拼》152】		（2）帝令雨正〔年〕。
合集	14142		（2）乙巳〔卜〕，𡆥，〔貞〕：帝令雨。
合集	14143		（1）□辰卜……帝令〔雨〕。 （2）□辰卜……令〔雨〕。
合集	14144（《中科院》518）		〔貞〕：帝不〔其令雨〕。
合集	14145 反		帝令雨。
合集	14146		庚寅，帝不令雨。
合集	14146+《乙》2772【《醉》252】		貞：翌庚寅，帝不令雨。
合集	14147 正		（1）庚寅雨。 （3）來乙未，帝其令雨。 （4）來乙〔未〕，帝不令雨。
合集	14147 反		王𰉏曰：乙未帝其令雨。
合集	14148		（1）□戌卜，爭，貞：自〔今〕至于庚寅帝令雨。 （2）自今至于庚寅帝不其令雨。

合集	14149 正		(1)〔癸丑〕卜，殻，貞：翌甲寅帝其令雨。 (2) 癸丑卜，殻，貞：翌甲寅帝〔不〕令雨。
合集	14150		貞：翌丁亥帝其令雨。
合集	14151		(1) 自今至庚寅帝其令雨。
合集	14152		……帝〔不〕其〔令雨〕。
合集	14153 正甲		(1) 丙寅卜，〔殻，翌丁〕卯帝其令雨。 (2) 丙寅卜，〔殻，翌丁〕卯帝不令雨。
合集	14153 正乙		(1) 丁卯卜，殻，翌戊辰〔帝〕其令〔雨〕。戊…… (2) 丁卯卜，殻，翌戊辰帝不令雨。戊辰允陰。 (3) 戊〔辰〕卜，殻，〔翌〕己巳〔帝〕令〔雨〕。 (4) 丙辰卜，殻，翌己巳帝不令雨。 (7) 辛未卜，〔殻〕，翌壬〔申〕帝其〔令〕雨。 (8) 辛未卜，〔殻〕，翌壬〔申〕帝〔不令〕雨。壬〔申〕暈。 (9) 申壬〔卜，殻〕翌癸〔酉〕帝其令雨。 (10) 申壬卜，〔殻〕翌癸酉帝不令雨。 (11) 甲戌卜，殻，翌乙亥帝其令雨。 (12) 甲戌卜，殻，翌乙亥帝不令雨。 (13) 乙亥卜，殻，翌丙子帝其令雨。 (14) 乙亥卜，殻，翌丙子帝不令雨。 (15) 丙子卜，殻，翌丁丑帝其令雨。
合集	14153 反乙		(2) 己巳帝允令雨至于庚。
合集	14155		癸丑卜，㞢，貞：今日帝不其〔令雨〕。
合集	40384 反（《英藏》125 反）		(1) ……〔夕帝〕令雨。
合集	40391（《英藏》1139）		□翌乙卯帝其令雨。

合集	40393（《英藏》1138）		乙卯卜，〔貞〕：帝隹〔令〕雨。
中科院	517		貞：翌丁亥帝其令雨。

（二）帝……雨

著　錄	編號／【綴合】／（重見）	備　註	卜　辭
合集	94 正		（3）壬寅卜，穷，貞：若茲不雨，帝隹茲邑龍，不若，二月。
合集	1140 正		（2）戊申卜，殸，貞：方帝，寮于土、[illegible]，雨。 （6）貞：召河，寮于蚰，㞢雨。
合集	10164		（1）〔辛〕丑卜，貞：□不雨，帝□隹莫〔我〕。
合集	10165 正		庚戌〔卜〕，爭，貞：雨，帝不我〔莫〕。
合集	11921 正		庚戌〔卜〕，爭，貞：不其雨。〔帝〕異……
合集	12852		（2）壬申卜，殸，貞：舞……烄，亡其雨。 （5）〔壬〕子卜，爭，〔貞〕：自今至丙辰，帝□雨。〔王〕……
合集	12855（《合補》3487、《天理》15）		（1）〔庚〕午卜，方帝三豖，㞢犬，卯于土宰，桒雨。 （2）庚午卜，桒雨于岳。 （3）不雨。
合集	12878 正（合集 4654）+7855+1467【《契》33】		……貞：若茲不雨，隹茲邑㞢于帝……
合集	14137		……〔三〕月帝……雨。
合集	14363		（1）〔庚〕戌卜，虎，弓帝于滻，雨。
合集	18915+34150+35290（《國博》98）【《合補》10605 甲、乙】		（1）庚午卜，辛未雨。 （2）庚午卜，壬申雨。允雨。 （3）辛未卜，帝風。不用。亦雨。

合集	21081		戊〔戌卜〕，王，貞：生十一月帝雨。二旬㞢六日……
合集	24900		(2) 庚申〔卜〕，□，貞：日……異……雨。帝……徝不……
合集	30298		(1) 于帝臣，又雨。 (2) 于岳宗彡，又雨。 (3) 于𦎫宗彡，又雨。
合集	30391		(2) 王又歲于帝五臣，正，隹亡雨。 (3) ……𠦪，又于帝五臣，又大雨。
屯南	2161		(1) 丙子〔卜〕，至戊〔辰〕雨，不〔雨〕。戊辰□。 (2) 丁卯卜，戊辰雨。不雨。 (3) 己巳卜，烄，雨。 (4) 庚午卜，辛未雨。允雨。 (5) 庚午卜，壬申雨。允，亦雨。 (6) 辛未卜，帝風。不用，雨。 (10) ……允雨。

（三）令雨

著　錄	編號／【綴合】／（重見）	備　註	卜　辭
合集	12078		貞：今癸卯其〔令〕雨
合集	14638 正		(1) 貞：翌甲戌河其令〔雨〕。 (2) 貞：翌甲戌河不令雨。
合集	14638 反		王固曰：河其令〔雨〕……庚吉。
合集	21022		(4) ……云其雨，不雨。 (5) 各云不其雨，允不攺。 (6) 己酉卜，令其雨印，不雨，𠀠攺。

(四)……令雨

著　錄	編號／【綴合】／(重見)	備　註	卜　辭
合集	546		(2)……令雨，執多〔𠬝乎〕望𢀛方……
合集	12520		……令〔雨〕。二月。
合集	12537 正		……令雨。三月。
合集	17840 反		……令雨。
合補	6793		……其雨……〔令〕……雨……
合集	21017		〔丙〕申卜，令肉伐，雨，[illegible]，不風。允不。六月。
合集	32048		(2)癸亥卜，令[illegible]比沚戈曾[illegible]凡土，雨，奠名俯。